오로지
나를
위해서만

오로지
나를
위해서만

혼자
책 읽는 시간의
매혹

김경민
지음

*
**
*

프롤로그

이제 막 말을 배우기 시작하는 아이를 키우고 있다 보니 집에서건 차에서건 동요 CD를 틀어놓을 때가 많다. 하도 자주들어서 나도 모르게 가사를 외우게 된 동요들 중 〈멋쟁이 토마토〉(김영광 작사·작곡)라는 노래가 있는데, 거기 이런 대목이 있다.

나는야 주스 될 거야 (꿀꺽)
나는야 케첩 될 거야 (찌익)
나는야 춤을 출 거야 (헤이)

내가 이 노래를 처음 들은 것은 지금은 열한 살인 첫째 아이가 둘째 아이만 했을 무렵인 8~9년 전이다. 그 당시에는 유쾌하고 코믹하면서도 살짝 엽기적이고 뜬금없는 가사로 다가왔다. 주스와 케첩이 되겠다는 토마토라니. 돼지가 '나는야 햄이될 거야 (꿀꿀)'이라고 하는 것과 뭐가 다른가. 그러고는 갑자기 춤을 추겠다니. 이건 또 뭐냐.

그런데 며칠 전, 이 노래를 듣는데 갑자기 가슴 한구석이 찌릿하더니 토마토에 감정이입하고 있는 나 자신을 발견했다(살다 살다 토마토에 감정이입을 하게 될 줄이야). 마지막 구절인 '나는야 춤을 출 거야'가 그 순간 나에게는 '나는야 꿈을 꿀 거야'로 들렸다. 어쩌면 토마토는 그 춤(꿈)을 통해 주스나 케첩, 혹은 다른 무엇이 아닌 '나는야 내가 될 거야'라고 외치고 싶은 것이 아닐까, 뭐 그런 생각이 들었다.

나 역시 이 땅의 다른 엄마들처럼 하루 대부분의 시간을 집안일을 하고 아이들을 돌보면서, 말하자면 주스와 케첩의 상태가 되어 살고 있다. 물론 이 시간이 무의미하거나 불행하지는 않다. 이 시간이 주는 기쁨과 보람은 나에게 소중하며, 이는 현재 내 삶을 떠받치는 가장 중요한 가치이기도 하다. 다만 그것만으로는 충족되지 않는 그 무엇이 나에게, 그리고 이 글을 읽는 당신에게도 있지 않겠는가. 그 무엇 때문에 우리는 춤을 추고, 꿈을 꾸고, 글을 쓰고, 책을 읽고, 다른 무언가를 하는 것이 아니겠는가. 그 무언가를 하기 위한 용기와 의지와 여유를 조금씩이나마 간신히 붙잡아가면서. 한 마디로 이 책은 그 붙잡음의 작고 소박한 결과물이다.

네 번째 책을 이렇게 내놓는다. 나에게 이 책 쓰는 것을 제안해준 위즈덤하우스 기획분사의 박경아 실장에게 진심 어린 고마움을 전한다. 어쩌면 나보다도 원고를 꼼꼼하게 읽었을 편집부 이소중 씨의 성실함에 감동하였음을 고백한다. 자신의 일에 자부심과 책임감을 갖고 있는 사람들을 만나 책을 낼 수 있어서 감사하고 행복하다.

둘째 아이가 지금은 두 돌이 다 되어 제법 어린이티가 나지만 나는 이 책에 실린 글의 초고를 아이가 10개월에서 14개월이던 무렵에 썼다. 밤중 수유도 끊지 못한 아기를 겨우 재우고, 난장판이 된 거실과 싱크대를 대충이라도 치운 후에 화장대에 노트북을 올려놓고 썼다. 다 큰 어른이 스스로를 대견해 하는 것은 민망하기 짝이 없는 일이라고 여기지만 이번만큼은 민망함을 무릅쓰고 나 자신에게 수고 많았다고 말해주고 싶다. 누가 강제로 시키지도 않았는데 굳이 왜 그런 수고를 했느냐고 묻는다면 이렇게 말하고 싶다. 나를 포함해 그 누구에게나 춤을 추는 시간이 필요하다고, '쓸모 있는 어떤 것이 되어야 한다'라는 강박에서 벗어나, 그냥 있는 그대로의 나 자신이 되는 시간이 절실하다고. 그러니 지금 스마트폰이나 TV 대신에 이 책을 읽고 있는, 나처럼 대부분의 시간을 주스와 케첩으로 살고 있을 당신에게도 부디 이 책이 잠깐의 '춤'이 될 수 있기를.

2016년 12월 어느 밤
김경민

2부　칭찬은 고래나 춤추게 한다

| 일러두기 |

* 책이나 기사의 인용에서 원저작물에 실린 표기를 그대로 사용하였다.
* 단행본과 신문명은 《 》, 단편소설과 시, 영화, TV 프로그램, 노래의 제목은 〈 〉로 표기하였다.

1부

온전히
자기 자신이
된다는 것

구원은 어디에서
오는가

지금으로부터 15년 전, 내가 처음 담임을 맡으면서 만났던 아이에 대한 이야기이다. 이제 서른이 넘었으니 아이라고 부르기도 뭣한 그 아이의 이름을 편의상 지연(가명)이라 부르기로 한다. 지연이는 한마디로 요약하면 '담임교사인 내 속을 뒤집어놓는 학생'이었다. 첫 만남부터 눈빛으로 만만치 않은 포스를 내뿜더니 모든 교칙과 지시에 반항했다. 상습적인 지각과 흡연 정도는 애교였다. 수업 태도를 지적하는 학과 선생님들한테 아무렇지도 않게 욕설을 내뱉고, 나중에 뭐가 되고 싶으냐는 내 물음에 아주 시니컬한 표정으로 "글쎄요? 노숙자?"라고 운을 떼면서, 조만간 자신은 사고로 죽을 확률이 높으니까 그

딴 것은 궁금하지도 않다고 대답하는 아이였다. 거칠 것 없는 폭주 기관차 같은 그 아이를 나는 야단도 쳐보고 달래도 보았지만 역부족이었다. 열정은 하늘을 찌를지언정 적절한 수완이나 여유로움은 부족했던 초임 교사에게 지연이는 존재 자체가 시련이었다고나 할까. 견디다 못한 나는 지연이의 어머니와 오랜 시간 이야기를 나누었다. 알고 보니 지연이네는 IMF의 여파로 경제적으로 급격히 어려워졌고(당시는 비단 지연이네뿐 아니라 많은 가정이 IMF의 직접적 여파에서 벗어나지 못하고 있던 시기였다), 설상가상으로 아버지의 외도와 상습적인 폭행으로 부모는 이혼한 상태였다. 지연의 어머니는 전남편으로부터 위자료는커녕 양육비도 받지 못한 채 식당에 일을 다니면서 무남독녀인 지연이를 키우고 있었다. 그녀는 지연이가 초등학교 6학년 즈음, 막 사춘기가 시작되는 예민한 시기에 그런 일들을 겪었고 자신은 자신대로 우울증이 심해 아이를 제대로 돌보지 못했다고 자책했다. 그때 아이를 '놓쳤다'고, 이제 그 놓친 손을 다시 잡고 싶은데 자기와는 말도 섞으려 하지 않는 딸이 무섭다고도 했다. 그 이야기를 듣고 나는 그녀에게 한 가지 제안을 했다. '저도 학교에서 지연이를 위해 최선을 다할 테니까 어머니도 제가 요구하는 걸 하시라'고. 바로 지연이에게 마음을 담은 편지를 매일 쓰시라는 것이었다. 단 한 줄의 쪽지라도 좋으니까 하루도 거르지 않고 써야 한다고. 이것은 형식적으로는 제안 혹은 부탁이었지만 사실상 명령이었다. 아무리 자식의 담임교사지만 스무 살이나 어린 여자의 명령 앞에서 어미는 죄인처럼 고개를 숙이고 끄덕였다.

곧바로 지연이가 달라질 것이라는 기대는 하지 않았다. 그래도 그렇지, 한 달 정도가 지났는데도 긍정적인 변화가 조금도 나타나지 않았다. 지연이 어머니에게 전화를 해보니 자기는 나름대로 정성껏 쓴 편지를 지연이는 대충 읽고 쓰레기통에 구겨 버리기 일쑤라고 울먹였다. 그 말을 들으니 그러지 않아도 힘든 분에게 괜한 상처만 더 드린 것이 아닌가 하는 자책감이 들면서 절망적인 기분이 되었다. 그런데 며칠 후, 지연이 어머니에게서 전화가 왔다. 어젯밤에 지연이가 편지를 읽더니 울면서 그동안 속 썩여서 미안하다고 했다는 것이다. 나는 너무 놀랍고 반가운 마음에 뭐라고 쓰셨느냐고 물었다. 그녀는 이렇게 대답했다.

"무슨 말을 더 이상 어떻게 써야 할지 몰라 막막한 마음으로 창고 정리를 하는데, 지연이가 어렸을 적에 좋아했고 저도 많이 읽어주었던 동화책이 보였어요. 그 책을 그 자리에서 읽다가 저도 모르게 편지지에 베껴 써서 줬거든요. 그걸 읽더니 지연이가 그 자리에서 펑펑 울지 뭐예요."

그 책이 뭐였냐고? 바로 권정생 선생의 《강아지똥》이라는 동화였다. 나는 이 동화를 '인간 정신이 도달할 수 있는 높이

와 깊이의 최대치를 보여주는 마스터피스'라고 생각하지만, 굳
이 여기에서 이 책의 내용을 언급하고 싶지는 않다. 혹시라도
안 읽어봤다면 이 기회에 한 번 읽어보라고 '전도'하고 싶어지
는 그런 책이므로. 여하튼 중요한 것은 그날 이후로 지연이가
눈에 띄게 좋아졌다는 사실이다. 일단 제시간에 등교했고, 담
배도 끊은 것 같았다. 누적된 학습 결손으로 힘들어하기는 했
지만 성실하게 수업을 받으려고 노력했다. 무엇보다 꿈이 생
겼다. 지연이는 아이들이 보는 그림책에 그림을 그리는 사람이
되고 싶다고 했다. 그러면서 이런 말을 했다.

"몇 년간 빛 한 줄기 없는 깜깜한 방에 갇혀 있었던 것 같아
요. 그런데 갑자기 어디에선가 희미한 빛 한 줄기가 들어왔고,
그것을 가까스로 잡은 기분이에요."

이 말을 하는 지연이의 눈에 눈물이 맺혔고 그 모습을 바라
보는 나 역시 눈물이 날 수밖에 없었다.

주변을 향한 원망과 자신에 대한 혐오로 가득 찼던 열일곱
살 여자아이에게 그 '빛 한 줄기'란 과연 무엇이었을까. 그것은
단순히 《강아지똥》이라는 책의 내용만은 아니었을 것이다. 그
책이 불러일으킨 모든 시간과 경험과 기억의 총체가 한 사람
을 어둠에서 빛으로 나오게 하지 않았을까. 책을 읽는다는 것
은 단순히 책이라는 하나의 물질을 보는 일이 아니라, 그 물질
을 둘러싼 시간과 공간을 살아내는 일이므로.

물론 책 한 권으로 인생이 바뀐다는 것이 너무 극적이고 예외적인 사건처럼 느껴질 수도 있다. 삶이란 책을 넘어서는 것이니. 하지만 나는 누구나 지연이와 비슷한 경험을 할 수 있다고 믿는다. 참고로 지연이는 자신이 소망했던 대로 아이들이 보는 그림책에 그림을 그리는 사람이 되었다. 그리고 얼마 전에는 엄마도 되었다.

***
***
*

안 좋을 때 읽으면
더 안 좋은 책

　정형돈과 데프콘이 만든 프로젝트 그룹, '형돈이와 대준이'
가 부른 〈안 좋을 때 들으면 더 안 좋은 노래〉라는 제목의 노
래가 있다. 처음 이 노래를 들었을 때는 폭소가 터졌는데, 이게
들으면 들을수록 은근히 중독적인 매력이 있어서 한동안 반복
해서 들었다. 그 노랫말 중에 이런 대목이 있다.

　아직 끝이 아니야 이게 다가 아니야
　넌 어려 아직 어려 넌 혼 좀 나야 돼

　우울한 기분이 들 때, 거기에서 즉각적으로 벗어나기 위해

일부러 무언가 신나고 재미있는 것을 찾지는 않는다. 곧바로 친구에게 전화를 걸어 위로해달라고 하지도 않는다. 오히려 혼자 있는 시간을 갖고 내 마음을 천천히 들여다보려고 한다. 언제부턴가 그 편이 낫다는 것을 경험으로 알게 되었기 때문이다. 슬픈 음악을 듣거나 비극적인 문학 작품을 읽으면서, '이게 끝이 아니고 이게 다가 아니다'라는 것을 느끼며 '혼 좀 나보는' 것이다. 그러면 신기하게도 기분이 좀 나아진다.

내가 그런 용도(?)로 읽는 책 중에서 가장 뛰어난 것을 꼽으라고 한다면 《이것이 인간인가》이다. 이 책을 쓴 유대계 이탈리아인인 프리모 레비는 1919년생으로 1943년, 그러니까 그의 나이 스물넷에 반파시즘 운동을 하다가 발각되어 체포된다. 한 달 정도를 미결감 수용소에 억류되어 있다가 아우슈비츠로 보내지고 거기에서 10개월을 산다. 이 책은 그 체험의 기록이다.

아우슈비츠가 어떤 곳이었는지는 이미 많은 영화나 다큐멘터리, 소설, 증언 기록에서 다루었기에 누구나 대충 알고는 있다. 그곳은 말하자면 '절망의 끝판왕'이다. 인간의 존엄성은 아예 들어설 자리가 없는, 인간을 동물로 격하시키는 곳. 책 제목 그대로 '이것이 인간인가'를 절규하게 만드는 곳. 프리모 레비는 이 현장을 매우 사실적이고 자세하게 묘사하면서도 놀라울 정도로 건조하고 냉정하게 서술한다. 내가 이 책에 특별히 끌린 것은 바로 이 지점, 작가의 서술 방식과 태도였다. 그는 차마 말하기 어려운 고통을 말하면서도 굳이 자신의 감정을 증폭시키지 않는다. 그런데 그 담담하고 절제된 어조가 고통을 더욱 생생하게 만든다. 그가 미결감 수용소에 있다가 아우슈비츠 수용소로 옮겨지는 내용을 담은 1장의 제목은 놀랍게도 '여행'이다. 여행이라니, 그 여행은 대체 어떤 것이었나.

> 기차는 열두 량이었고 우리는 650명이었다. 우리 객차에는 45명이 탔는데, 그 객차는 좁았다.
>
> (중략)
>
> 나와 같은 객차에 탔던 45명 중 다시 집으로 돌아간 사람은 네 명에 불과했다. 그런데 이 객차가 가장 운이 좋은 경우였다.
>
> 우리는 갈증과 추위로 고통받았다. 기차가 정거장에 설 때마다 큰 소리로 물을 달라고 아니면 눈이라도 한 뭉치 달라고 소리쳤지만 우리 목소리는 거의 들리지 않았다. 호송 병사들은 열차에 다가오는 사람을 모두 쫓아버렸다. 갓난아기들을 데리고 탄 젊은 엄마 둘이 밤낮으로 물을 달라고 애원하며 흐느꼈다.
>
> – 프리모 레비,《이것이 인간인가》

작가를 포함한 650명은 이런 기차에서 15일을 보낸 후에야 아우슈비츠에 도착한다. 그런데 도착하자마자 선별 작업이 시작된다. 노동력이 있어 보이는 사람과 그렇지 않은 사람으로.

어린아이와 노인, 상당수의 여자들은 기차에서 내려 곧바로 가스실로 직행한다. 650명 중 525명이 그렇게 죽는다.

대체 나는 왜 상상만 해도 끔찍한 이런 이야기를 굳이 찾아서 읽는 것일까. 작가는 말한다.

> 누구나 인생을 얼마쯤 살다 보면 완벽한 행복이란 실현 불가능하다는 것을 깨닫게 된다. 하지만 그것과 정반대되는 측면을 깊이 생각해보는 사람은 드물다. 즉 완벽한 불행도 있을 수 없다는 사실 말이다. 이 양 극단의 실현에 걸림돌이 되는 인생의 순간들은 서로 똑같은 본성을 가지고 있다.
> - 프리모 레비,《이것이 인간인가》

아이러니하게도 이 처절한 절망과 고통의 기록을 읽다 보면 희망과 행복에 대해 더 진지하게 생각해보게 된다. 분명 안 좋을 때 읽으면 더 안 좋은 책인데, 바로 그 점이 이 책을 더 좋아지게 만드는 힘이 된다고나 할까(말장난 같지만 이렇게밖에 표현을 못 하겠다). 작가는 아우슈비츠로 떠나기 전날 밤을 이렇게 기록한다.

> 밤이 되었다. 그 광경을 목격한 사람이라면 살아남지 못하리라는 것이 명백한 그런 밤이었다.

(중략)

　모두 자신에게 가장 어울리는 방법을 찾아 삶과 작별했다. 기도를 하는 사람도 있었고 일부러 곤드레만드레 취하는 사람, 잔인한 마지막 욕정에 취하는 사람도 있었다. 하지만 어머니들은 여행 중 먹을 음식을 밤을 새워 정성스레 준비했고 아이들을 씻기고 짐을 꾸렸다. 새벽이 되자 바람에 말리려고 널어둔 아이들의 속옷이 철조망을 온통 뒤덮었다. 기저귀, 장난감, 쿠션, 그리고 그 밖에 그녀들이 기억해낸 물건들, 아기들이 늘 필요로 하는 수백 가지 자잘한 물건들도 빠지지 않았다. 여러분도 그렇게 하지 않았겠는가? 내일 여러분이 자식들과 함께 사형을 당한다고 오늘 자식들에게 먹을 것을 주지 않을 것인가?

　- 프리모 레비,《이것이 인간인가》

　이런 글을 읽으면 혼나는 기분이다. 끝까지 가보지도 않았으면서 뭐 얼마나 안다고 엄살이냐고.

　그래, 나는 저 어머니들처럼 살고 싶다. 살아야겠다. 살아야 한다. 내 삶을 내 자식처럼 여기면서.

*
*
*

헤드 랜턴 쓰고
책 읽기

8년 터울로 둘째 아이를 낳고 보니 늦둥이 키우느라 여기저기 삭신은 쑤실망정, 하루가 다르게 커가는 아이의 모습을 지켜보는 기쁨이 때때로 황홀할 만큼 각별하다. 돌이켜보면 큰아이도 많이 예뻐하며 키웠지만 불안과 초조(내가 맞게 키우는 건가? 아니면 어떡하지?)가 어느 정도는 밑바닥에 깔렸었던 것 같다. 이에 반해 둘째는 그 불안과 초조의 자리에 그저 귀엽고 사랑스럽기만 한 마음이 들어앉은 느낌이다. 다만 아무리 아이가 귀엽고 사랑스러워도 그건 그거고, 책을 읽는 시간이 현저히 줄어드는 것은 어쩔 수 없는 현실이다. 아이를 돌보는 낮 시간에 책을 읽는 것은 어림도 없다. 어렵게 낮잠을 재워도 그 시간에는 나 역시 잠깐이라도 눈을 붙이거나 밀린 집안일을 하면서 큰 아이를 챙기고 밥 한술이라도 입에 집어넣어야 한다. 그나마 아이가 밤잠에 돌입한 시각부터 책을 읽을 짬이 생기는데, 아무리 힘들어도 최소한 잠들기 전 30분은 책을 읽으려고 노력하고 있다.

그런데 이마저도 난관에 봉착했다. 일단 다른 곳이 아닌 아이가 잠든 바로 옆에서 읽어야 하는데, 그 이유는 아이가 깊게 푹 자는 스타일이 아니라 중간중간 뒤척이기 때문이다. 그 순간 잽싸게(5초 이내에) 토닥여주지 않으면 일이 커진다. 잠이 어설프게 깨버려 우는 아이를 안은 채로 한참 재워야 하는 사태가 벌어진다. 게다가 내가 제일 좋아하는 독서 자세는 침대에 비스듬히($45°+α°$) 누운 상태이다. 이래저래 침대를 떠날 수 없다. 그런데 침대 옆 스탠드 불빛은 아이가 숙면을 취하기에는 너무 밝았다. 책에 끼우는 미니 독서등은 책을 넘길 때마다 불편한 데다가 내 눈에는 너무 침침했다. 고민을 하던 중에 우연히 〈무한도전〉의 극한알바 특집 편에서 유재석과 차승원이 일일 광부로 일하는 장면을 보고 눈이 번쩍 떠졌다.

"바로 저거야!"

곧바로 인터넷 쇼핑몰에 들어가 '헤드 랜턴'을 검색했다. 광부나 야간 산행하는 사람들이 머리에 쓰는 그것 말이다. 크기와 밝기가 너무 부담스럽지 않은 것으로 골랐고 도착하자마자 써봤더니, 시야각이나 밝기가 자는 아이를 방해하지는 않으면서 책을 읽기에는 딱 안성맞춤인지라 아주 만족스러웠다. (혹시 비슷한 고민을 하고 있는 사람이라면 한번 해보시길!) 하루는 책을 읽다가 소변이 마려워 욕실에 들어갔는데 거울에 비친 내 모습이 내가 봐도 코믹해 웃음이 났다. 그러면서 '나는 왜 이런 것까지 머리에 쓰면서 책을 읽을까?' 생각했다.

심심해서? 나에게도 스마트폰은 있다. 터치 한 번이면 엄청난 양의 동영상과 웹툰과 게임과 가십을 즐길 수 있는 그것을 손에 쥔 채, 서너 시간 보내기란 일도 아니다. 정 심심하면 스마트폰이랑 놀면 되지 굳이 책을 펼칠 이유는 없다.

책을 통해 위로를 받고 싶어서? 앞에서도 말했지만 나는 따뜻하고 즉각적인 위로를 받고 싶어서 책을 읽지는 않는다. 그런 부류의 책이 지닌 효용 가치를 무시하는 것도 아니고, 어쩌다가 그런 책을 읽게 될 때도 있지만, 굳이 돈을 주고 사거나 일부러 찾아 읽지는 않는다. 이 세상은 비참으로 가득 차 있고, 삶은 부조리하며, 인간은 양면적인 존재라는 것은 진실이지 않은가. 좋은 책이란 그런 진실을 외면하거나 부정하는 기만을 저지르지 않는다. 최소한 제대로 된 책이라면 '내가 정말 간절히 원하고 노력하면 온 우주가 나를 도와줄 것이다' 식의 사기를 치지는 않는다는 말이다. 나는 이런 싸구려 위로보다는 불편한 진실이 백배는 더 중요하며 진정한 희망의 바탕이 된다고 믿는 쪽이다.

위로도 아니라면 뭐지? 유식해지고 싶어서? 한때는 그런 욕심을 가졌던 적도 있지만, 지금은 그것도 아니다. 읽어봤자 기억력이 예전만큼 좋지도 않아 읽는 즉시 거의 까먹는 데다가 책이 고작 '지식의 적금통장' 정도라면 좀 허무할 것 같다.

이도 저도 아니라면 무엇일까. 아무리 생각해도 그냥 책을 읽는 시간이 좋아서라고밖에 말을 못 하겠다. 스스로를 책만 읽는 바보라는 뜻의 '간서치看書癡'라고 칭했던 조선 후기 실학자이자 문인인 이덕무(1741~1793)는 이렇게 말했다.

책을 읽는 이유는 정신을 기쁘게 하는 것이 으뜸이고, 그다음은 받아들이는 것이며, 그다음은 식견을 넓히는 것이다.

— 이덕무, 《책에 미친 바보》

이덕무는 서자였다. 이는 그가 아무리 책을 많이 읽고 공부를 열심히 한들 높은 벼슬에 오른다는 것은 애당초 글러 먹은 일임을 의미한다. 게다가 집안도 가난해서 매일의 끼니를 걱정해야 했고, 몸까지 허약해서 기침을 달고 살았다고 한다. 다행스럽게도 그의 학식과 인품을 알아본 왕(정조)에게 발탁되어 규장각 검서관檢書官으로 일할 수 있게 되었으나 곤궁한 생활형편은 크게 나아지지 않았다. 즉 그의 독서는 그에게 세속적

성공을 가져다주지 못했다. 그런데도 그는 독서의 으뜸이 '정신을 기쁘게 하는 것'이라고 말하고 있다. 도대체 책의 그 무엇이 그의 정신을 기쁘게 했을까.

이덕무는 나와 비교할 수 없는 사람이다. 그는 당대 최고의 학자이자 문장가였으며 성품 또한 맑고 곧아 많은 이들의 존경을 받았다고 한다. 그에 비하면 나는 학식이나 인격이 지극히 평범하기 짝이 없는 속물이다. 그런데도 굳이 그의 말을 끌어오는 이유는 나처럼 평범한 속물도 그의 마음을 알 것 같기 때문이다. 내가 생각하기에 책 읽기는 오롯이 혼자가 되는 고독과 다른 사람(작가 혹은 등장인물)과의 가장 내밀한 소통을 동시에 누릴 수 있는 특이한 체험이며, 어쩌면 거의 유일한 활동이다. 고독과 소통은 언뜻 보면 상반되는 개념인 듯하지만 잘 생각해보면 진정한 소통이란 각자가 자신의 내면에 집중한 상태, 즉 고독에서 나오는 것이다. 여럿이 함께 있으면서 이 말 저 말 주고받는다고 해서 과연 소통이 이루어졌다고 할 수 있을까. 상대의 노래는 제대로 듣지도 않으면서 다음 차례에 자신이 부를 곡만 찾는 행위를 우리는 소통이라고 하지 않는다. 문제는 현실에서 이루어지는, 우리가 소통이라 착각하는 것들이 대체로 이 '노래방 풍경'과 비슷하다는 점이다. 상대의 욕망과 내면에 진심으로 귀를 기울이기 위해서는 먼저 자신의 욕망과 내면을 진지하게 성찰하고 정직하게 응시할 필요가 있다.

책 읽기는 그 성찰과 응시를 바탕으로 상대의 말을 가장 주의 깊게 듣는 방식이며, 그 말에 공감하거나 반론하거나 질문을 던지는 가장 깊은 방식이다. 상대가 바로 내 앞에 있느냐 아니냐보다 더 중요한 것은 그 주의 깊음과 깊이의 정도와 수준이지 않을까. 이덕무가 말한 '정신을 기쁘게 하는 것'은 다름 아닌 이 고독과 소통의 기쁨이 아니었을까 감히 추측해본다. 내가 헤드 랜턴까지 쓰고 책을 읽는 이유도 이 기쁨이므로.

*
* *
*

누구의 고양이도 아닌
고양이

　여기, 백만 년이나 죽지 않은, 무려 백만 번이나 죽고 백만 번이나 살았던 고양이가 있다. 백만 명의 사람으로부터 귀여움을 받았으며, 백만 명의 사람들 모두가 그 고양이가 죽었을 때 너무 슬퍼서 울었다. 바로 《100만 번 산 고양이》라는 그림책의 주인공인 '얼룩 고양이'이다. 고양이를 거쳐 간 주인들은 매우 다양했다. 임금님, 뱃사공, 서커스단 마술사, 도둑, 홀로 사는 할머니, 어린 여자아이 등등. 고양이는 그들의 고양이로 살다가 주인들의 면면만큼이나 다양한 방식으로 죽었는데, 흥미롭게도 그의 죽음을 매우 슬퍼하며 울었던 주인들과는 대조적으로 고양이는 단 한 번도 울지 않았다. 왜냐고? 고양이는 자기의 주인들을 죄다 싫어한 데다가, 죽는 것 따위는 아무렇지도 않았기 때문이다. 그러다가 고양이는 누구의 고양이도 아닌, '자기만의 고양이(도둑고양이)'로 태어난다. 이 멋진 얼룩무늬 도둑고양이는 워낙 인기가 많아 수많은 암고양이가 그의 신부가 되고 싶어 안달이 나는데, 정작 그는 심드렁해 하며 이렇게 말한다.

"나는 백만 번이나 죽어 봤다고, 새삼스럽게 이런 게 다 뭐야!"

그 고양이는 그 누구보다 자기 자신을 좋아했다. 그런 고양이에게도 운명의 짝이 나타났으니 바로 '고양이를 본 척도 하지 않는 새하얗고 예쁜 고양이'이다. 하얀 고양이는 얼룩 고양이의 "난 백만 번이나 죽어 봤다고!"라는 말에도, "나, 서커스단에 있었던 적도 있다고!"라며 해대는 공중 돌기 세 번에도 별다른 관심이 없다. 허세와 잘난 척이 통하지 않는다는 것을 깨달은 얼룩 고양이는 하얀 고양이에게 그냥 진심을 솔직하게 말한다. "네 곁에 있어도 괜찮겠니?"라고. 하얀 고양이는 그 말에 "으응"이라고 답하고, 그 이후로 둘은 항상 함께 있으면서 귀여운 새끼 고양이를 많이 낳는다. 그리고 세월이 흐른 어느 날, 하얀 고양이는 얼룩 고양이 곁에서 죽고 만다.

고양이는 처음으로 울었습니다. 밤이 되고 아침이 되도록, 또 밤이 되고 아침이 되도록 고양이는 백만 번이나 울었습니다.

아침이 되고 또 밤이 되고, 어느 날 낮에 고양이는 울음을 그쳤습니다.

고양이는 하얀 고양이 곁에서 조용히 움직임을 멈췄습니다.

　－ 사노 요코,《100만 번 산 고양이》

이 책의 마지막 장엔 아래와 같은 단 한 문장이 적혀 있다.

그러고는 두 번 다시 되살아나지 않았습니다.

　－ 사노 요코,《100만 번 산 고양이》

아이를 키우다 보니 자연스레 그림책의 세계에 입문하게 되었던지라 엄청난 내공을 뿜어내는 그림책이 생각보다 많다는 것은 이미 알고 있었다. 아무리 그래도 이 정도면 반칙이지. 냉소와 블랙 유머가 살짝 버무려진 작가의 위트에 감탄하며 '어머, 이거 완전 내 취향이야'라고 낄낄대다가 갑자기 이 무슨 날벼락인가 싶었다. 표지부터 시종일관 시크하고 도도한 눈빛을 뿜어내던 멋진 얼룩 고양이가 죽은 하얀 고양이를 품에 안고는 아기처럼 꺼이꺼이 우는 그림 앞에서 가슴이 저릿하더니, 결국 마지막 문장에서는 심장이 쿵 내려앉고 말았다.

이 책의 스토리는 '자신밖에 모르던 한 고양이가 진실한 사랑을 찾게 되는 이야기' 정도로 요약할 수도 있지만, 좋은 문학

작품이 대개 그렇듯이 읽는 이로 하여금 여러 생각을 하게 만든다. 자기애와 타인에 대한 사랑은 본질적으로 어떻게 다르며 그 둘의 관계는 어떤 것인지, 삶에서 사랑은 어떤 의미이며 사랑이 삶을 어떻게 완성시켜주는지, 진정한 슬픔이란 무엇이며 그것은 사랑과 어떤 관련을 맺고 있는지 등등에 대하여 생각할 거리를 던져주는 것이다. 불교 신자는 아니지만 불교에 관심이 있는 내 남편은 이 책을 읽더니 '번뇌의 사슬을 끊고 해탈에 이르게 되는 이야기'라고 평을 했는데, 이 또한 나에게는 그럴듯하고 매력적인 해석으로 다가왔다. 그런데 이 다양한 화두 중 내가 무엇보다 이 책에서 주목했던 지점은 '결국은 무엇이 진실한 사랑을 가능하게 하는가'라는 질문이었다. 얼룩 고양이는 어느 누구의 고양이도 아닌, 오로지 자기만의 고양이였기에 또 다른 자기만의 고양이인 하얀 고양이를 알아보았던 것이 아닐까. 삶의 최종적인 완성이 사랑이라면, 그 출발은 반드시 '누구의 무엇'이 아닌 '온전한 자기 자신'이 되어야 한다. 그러기에 얼룩 고양이는 처음으로 진실한 사랑을 할 수 있었고, 굳이 되살아날 필요가 없지 않았을까.

온전히 자기 자신이 된다는 것은 무엇일까. 그것은 다른 누군가에게 의존하지 않는 독립적인 인격체로 서는 것은 기본이고, 스스로가 어떤 사람인지에 대한 탐구를 집요하고도 성실하게 하며 사는 것을 의미한다. 자기 생각과 취향을 정확하게

인지하고 마음속 깊은 곳에 있는 욕망과도 정직하게 마주했을 때 비로소 보이는 것이 진짜 자신일 테니까. '자기만의 나'로 사는 것은 결코 쉬운 일이 아니다. 우리의 멋진 얼룩 고양이도 무려 백만 번이나 살고 죽은 후에야 비로소 이루어진 일이 아니던가. 게다가 사랑은 그 엄청난 미션을 완수한 후에나 가능한 일이라니. 진정한 사랑이 희귀한 이유는 바로 여기에 있는 것이 아닐까. 그런 의미에서 사랑, 참 어렵다.

이토록 매력적인
할매라니

앞의 글에 등장한 얼룩 고양이는 분명 "두 번 다시 되살아나
지 않았습니다"라고 했다. 그런데 만일 이 고양이가 인간으로,
그리고 성별까지 바꿔 여자로 환생했다면? 아마도 일본의 그
림책 작가인 사노 요코로 태어나지 않았을까 싶다. 사실 이것
은 그다지 창의적인 추론이 아니다. 사노 요코는 바로《100만
번 산 고양이》의 작가, 즉 얼룩 고양이라는 캐릭터의 창조주이
기 때문이다.

《사는 게 뭐라고》는 사노 요코가 2003년부터 2008년까지
일기 스타일로 쓴 생활기록들을 책으로 엮은 것이다. 그녀가
1938년생이니 만 65세부터 만 70세 사이에 쓴 글이다. 이 책

의 부제가 '시크한 독거 작가의 일상 철학'인데, 나에게 부제를 붙여보라면 '독거'와 '작가' 사이에 '노인'이나 '할머니'라는 단어를 집어넣었을 것이다. 실제로 작가는 이 책의 곳곳에서 '나는 할머니이다'라는 자의식을 아주 뚜렷하게 발산하고 있는데, 그렇다면 그녀는 대체 어떤 할머니인가.

> 내 마음속에는 완벽한 할머니 상이 있다. 지혜롭고, 위엄 있고, 스스로에게서 평화를 얻고, 자신이 걸어온 길에 대해 무언의 자신감이 있는 할머니이다. 남의 환심을 사거나 뛰어난 이들을 깎아내리는 데 시간을 낭비하지 않는다. 대신 자신의 일을 한다.
> – 나탈리 앤지어,《살아 있는 것들의 아름다움》

《사는 게 뭐라고》에서 알 수 있는 사노 요코는 이런 '완벽한 할머니'와는 거리가 멀다(만일 그랬다면 이 책이 이렇게 재미있을 수는 없었을 것이다). 그녀는 냉소적이고 염세적인 독설을 마구 내뿜기도 하고, 툭하면 자기혐오를 드러내기도 하며, 가끔은 황당한 짓도 서슴지 않는다. 유방암 수술을 받은 다음 날 바로 담배를 피웠다고 말하는 부분에서는 어이없다가도, '개연성도 없고 헛웃음만 나오지만 보고 있으면 엄청나게 행복한 한류 드라마들'로 투병 기간을 그럭저럭 잘 보냈다고 이야기하는 대목에서는 그녀가 귀엽게 느껴진다. 그러고는 한류 드라마들을 너무 오랜 시간 한쪽으로 누워 시청하다가 급기야 턱이 돌아갔고, '욘사마'에 푹 빠진 나머지 '정신을 차리고 보니' 남이섬 가로수 길을 걷고 있었다는 고백을 읽으면서는 폭소가 터진다. 말하자면 그녀는 '존경받아 마땅한 완벽한 할머님'이 아니라, '친구로 사귀고 싶을 만큼 매력 터지는 할매'에 가깝다. 김소연 시인은 이 '매력'의 본질적 측면을《마음사전》이라는 책에서 이렇게 묘파한다.

> 착하고 순하고 정직한 사람에게 우리는 결코 '매력 있다'는 표현을 쓰지 않는다. 그럴 경우 '미덥다'는 표현을 더 쓰게 된다. 한 존재가 가진 결핍과 과잉. 모자라거나 지나친 성향들. 그것에 대하여 부정하지 않고 오히려 적극적으로 환호할 때, 이 낱말은 제법 용이하게 쓰이곤 한다.
> - 김소연,《마음사전》

글을 통해 사노 요코가 스스로 고백한 몇 가지의 성격적 결함과 나로서는 도저히 동의할 수 없는 몇 가지 의견에도 불구하고, 내가 그녀에게서 매력을 느낀 가장 큰 이유는 삶과 죽음의 본질에 대한 그녀의 날카로운 통찰과 어른스러운 자세 때문이다. '나이를 그 정도 먹었으니 당연히 어른이지, 애냐?'라고 반문할 수도 있겠지만, 이 세상에는 나이만 먹었지 내면의 성장이 아이에서 멈춰 있는 사람들이 너무도 많지 않은가. 적어도 내가 생각하는 어른이란 이런 것이다. "내가 간밤에 울었다고 해서 / 다음 날 아침, / 세상이 멈추는 건 아니다"*라는 사실을 깨달은 사람, 운명과 이 세상이 자신에게 조금도 친절하지 않을 수도 있다는 진실을 담담하게 받아들이는 사람. 그녀는 유방암 수술을 받은 후 얼마 있다가 암세포가 뼈로 전이되어 시한부 인생을 선고받는다. 그녀의 반응은?

"몇 년이나 남았나요?" "호스피스에 들어가면 2년 정도일까요." "죽을 때까지 돈은 얼마나 드나요?" "1천만 엔." "알겠어요. 항암제는 주시지 말고요, 목숨을 늘리지도 말아주세요. 되도록 일상생활을 할 수 있게 해주세요." "알겠습니다." 그로부터 1년이 지났다.

럭키, 나는 프리랜서라 연금이 없으니 아흔까지 살면 어쩌나 싶어 악착같이 저금을 했다.

병원에서 돌아오는 길에 근처 재규어 대리점에 가서, 매장에 있던 잉글리시 그린의 차를 손가락으로 가리키며 말했다. "저거 주세요."

- 사노 요코, 《사는 게 뭐라고》

병까지 든 홀로 사는 노인이 자기 연민에 빠지지 않기란 힘든 일이다. 글을 쓰는 사람이 자기 미화에서 완전히 자유롭기도 역시 매우 힘들다. 그런데 그녀는 이 두 가지를 다 해낸다. 이는 그녀가 "나는 아무것도 모른다. 꽃 한 송이의 생명조차 이해할 수 없다. 다만 아는 것이라고는 나 자신조차 파악하지 못한 채 죽는다는 사실이다"라고 말할 수 있는 사람이기에, "사람을 사귀는 것보다 자기 자신과 사이좋게 지내는 것이 더 어렵다는 사실을" 깨달은 사람이기에 가능했을 것이다. 그녀는 이 책의 마지막에 실린 글을 쓴 시점에서 2년 후인 2010년에 세상을 떠났다.

★ 오경화 시, 〈sad Movie〉에서 인용

* * *
*

아직
안 늙어보셨잖아요?

   늙는 것은 용서할 수 없는 '범죄'가 아니다, 라고 나는 말했다.
노인은 '기형'이 아니다, 라고 나는 말했다. 따라서 노인의 욕망
도 범죄가 아니고 기형도 아니다, 라고 또 나는 말했다. 노인은,
그냥 자연일 뿐이다. 젊은 너희가 가진 아름다움이 자연이듯이.
너희의 젊음이 너희의 노력에 의해 얻어진 것이 아닌 것처럼,

   노인의 주름도 노인의 과오에 의해 얻은 것이 아니다,

라고, 소리 없이 소리쳐, 나는 말했다.

   – 박범신, 《은교》

박범신의 소설《은교》에서 말한 대로 늙음은 분명 살다 보면 누구나 자연스레 겪게 될 사건이자 과정이다. 그렇지만 우리가 사는 지금 이 세상은 이 사실을 인정하지 않는 것처럼 보인다. 거대한 '안티 에이징' 산업은 주름을 거의 흉터처럼 취급하면서 늙음(더 정확히 말하면 늙어 보이는 것)에 대한 공포를 사람들에게 주입한다. 그런 분위기 속에서 사람들은 하루하루 늙어갈 수밖에 없는 자신을 비관하거나 늙음이라는 자연에 역행하느라 무리하게 돈을 쓰며 살아간다. 늙음이 무서운 이유는 여러 가지이다. 얼굴은 쭈글쭈글해져 사진 찍기도 싫고, 모든 신체 기능은 퇴화하여 몸을 움직이는 것도 버겁고, 각종 질병은 반갑지 않은 손님처럼 들이닥친다. 여기에 빈곤과 고독까지 따라오면 최악이다. 질병과 빈곤과 고독, 셋 중 하나만으로도 충분히 힘들건만 셋은 삼총사로 함께 다닐 때가 많다(참고로 대한민국은 노인 빈곤율과 노인 자살률이 OECD 국가 중 1위인 나라이다). '고독사'라는 단어가 상징하듯이 홀로 사는 노인 대다수의 고독에 자발성이나 감미로움 따위는 없다. 그것은 종종 견디기 힘든 고립감과 공포(이러다 갑자기 죽으면 내 시신은?)의 동의어다.

한동안 '늙음' '노년' '나이 듦'에 관한 책을 마구 읽어댔다. 고대 철학자들의 글부터 시작해 자기계발서까지. 그 책들에서 공통으로 말하는 노인의 덕목은 '지혜'와 '평정'이다. 어느 순간에도 지혜롭고 평정심을 잃지 않는 어르신. 내 로망이기는 하나 대부분의 로망이 그렇듯 어디까지나 이상적인 관념일 뿐이라는 생각이 든다. 우리가 사는 현실에서 이런 이상형이 과연 몇이나 되겠는가. 이상형보다는 반면교사가 더 많은 것이 현실이다. 자고로 목표를 너무 높게 잡으면 좌절만 커지는 법. 그러기에 나는 '이렇게 늙어가고 싶다' 대신에 '적어도 이렇게 늙지는 말자'라는 소극적인 방식으로 목표를 잡았다.

주님, 주님께서는 제가 늙어가고 있고
언젠가는 정말로 늙어 버릴 것을
저보다도 잘 알고 계십니다.

저로 하여금 말 많은 늙은이가 되지 않게 하시고
특히 아무 때나 무엇에나 한마디 해야 한다고 나서는
치명적인 버릇에 걸리지 않게 하소서.

모든 사람의 삶을 바로잡고자 하는 열망으로부터
벗어나게 하소서.
저를 사려 깊으나 시무룩한 사람이 되지 않게 하시고
남에게 도움을 주되 참견하기를 좋아하는
그런 사람이 되지 않게 하소서.

제가 가진 크나큰 지혜의 창고를 다 이용하지 못하는 건
참으로 애석한 일이지만
저도 결국엔 친구가 몇 명 남아 있어야 하겠지요.
끝없이 이 얘기 저 얘기 떠들지 않고
곧장 요점으로 날아가는 날개를 주소서.

내 팔다리, 머리, 허리의 고통에 대해서는
아예 입을 막아 주소서.
내 신체의 고통은 해마다 늘어나고
그것들에 대해 위로받고 싶은 마음은
나날이 커지고 있습니다.
다른 사람들의 아픔에 대한 얘기를 기꺼이 들어줄
은혜야 어찌 바라겠습니까만
적어도 인내심을 갖고 참아 줄 수 있도록 도와주소서.

제 기억력을 좋게 해주십사고 감히 청할 순 없사오나
제게 겸손한 마음을 주시어
제 기억이 다른 사람의 기억과 부딪칠 때
혹시나 하는 마음이 조금이나마 들게 하소서.
나도 가끔 틀릴 수 있다는 영광된 가르침을 주소서.

적당히 착하게 해주소서.

저는

성인까지 되고 싶지 않습니다.

어떤 성인들은 더불어 살기가 너무 어려우니까요.

그렇더라도 심술궂은 늙은이는 그저

마귀의 자랑거리가 될 뿐입니다.

위의 글은 17세기에 살았던 어느 수녀님의 기도문이라고 하는데 정확한 출처가 궁금해 여기저기 뒤져보았으나 결국 알아내지 못했다. 정말 17세기에 지은 글인지부터가 의심스럽기는 하지만 십몇 년 전에 이 기도문을 인터넷에서 보자마자 너무 마음에 들어 저장해놓고 지금도 가끔 읽어본다. 내 목표는 바로 '심술궂은 늙은이'가 되지 않는 것이다. 늙는 것은 어쩔 수 없다고 해도 추하게 늙는 것은 무섭다. 외모 얘기가 아니라 내면 말이다.

소설 《은교》를 원작으로 하는 같은 제목의 영화에서는 앞에서 소개한 구절이 이런 대사로 살짝 바뀌어서 나온다.

"너의 젊음이 너의 노력에 대한 상이 아니듯이, 나의 늙음 또한 나의 잘못에 대한 벌이 아니다."

분명 늙음 자체는 벌이 아니다. 하지만 '추한 늙음'은 벌이다. 마치 제대로 발효되지 못해 부패해버린 음식처럼, 노추老醜는 환멸의 대상일 뿐이다.

내 나름대로 건강관리는 하겠지만 병에 걸리지 않는다는 보장도 없고, 가능하면 노후 자금도 준비하려고 노력하겠지만 어떤 돌발 변수가 생길지 알 수 없다. 하지만 스스로 경계하고 조심하면 나보다 젊은 사람들을 내심 시기하고 툭하면 훈계하는 꼰대는 되지 않을 수 있다. 젊은이들에게 존경까지는 못 받더라도 적어도 비웃음과 회피의 대상은 되지 않을 수 있다.

몇 년 전에 〈배철수의 음악캠프〉를 들으며 운전을 하다가 배철수 디제이의 이 말을 듣고는 한참을 웃었던 기억이 난다.

"젊다는 거 그거 별것 아니에요. 저는 젊어봤거든요. 늙어보셨어요? 늙어볼 순 없잖아요? 흐흐."

나에게 성인聖人이나 현자賢者는 언감생심, 다만 욕심을 좀 내자면 늙어서도 유머는 간직하고 싶다. (실존했는지는 모르겠으나) 17세기에 살았던 어떤 수녀님처럼, 앞글에 등장한 사노 요코 할매처럼, 그리고 배철수 아저씨처럼.

*
*
*

'혼자 걷기'라는
신경 안정제

기분이 이유 없이 처지거나 무언가 심란한 일이 있을 때, 보통은 음악을 듣거나 책을 읽는 것으로 달래보지만, 문제는 그런 것으로 해결이 안 될 때이다. 내 경우에는 타인에 대한 분노와 그로 인한 억울함이 우울감과 엉켜질 때 그런 상태가 되는데, 그럴 때는 무조건 걷고 본다. 생각해보니 이 '걷기'야말로 내가 좋아하는 거의 유일한 운동인 것 같다. 아니, 운동이라는 말은 정확하지 않다. 운동의 목적과 느낌을 갖고 걷지는 않기 때문이다.

내가 좋아하는 걷기는 평지에서 내 리듬에 맞게 발을 움직이는 모습이다. 흔히 파워 워킹이라고 불리는, 팔을 흔들며 빠르게 걷는 것은 질색이고 등산도 좋아하지 않는다(나에겐 10° 이상의 경사면을 걷는 등산으로 분류된다). 달리는 것은 싫어하다 못해 혐오해서 자의로 달리는 일은 거의 없다(생존과 안전에 대한 위협이라도 생긴다면 어쩔 수 없겠지만). 왜 이렇게 달리기를 싫어하게 됐을까 생각해보니 학창 시절에 주로 체육 선생들이 시켰던 '선착순'에 대한 트라우마 때문인 것 같다. 달리기를 못하는 편은 아니었지만, 그래서 대체로 상위 그룹에 안착해 다른 뒤처진 아이들을 지켜보는 입장이었지만, 난 이 행위가 극도로 혐오스러웠다. 반항할 용기는 없었지만 할 때마다 인간적인 모멸감을 느꼈다. 난 아직도 선생이라는 사람들이 절대로 학생들에게 시켜서는 안 되는 짓 중의 하나가 이 선착순이라고 믿는다.

말하자면 나에게 걷기는 이 선착순과 정반대의 지점에 놓이는 행위이다. 걷기는 다른 사람들의 속도와는 전혀 상관없이 오로지 나 자신에게 몰입하게 한다. 그 몰입 속에서 내면에 얽히고 설킨 매듭이 보이고, 그것을 들여다보면 그 매듭을 곧바로 풀지는 못하더라도 당장 그 매듭에 목이 졸릴 것 같은 기분에서는 벗어난다. 즉 치료제까지는 못 되더라도 안정제 기능은 한다.

《걷기 예찬》은 제목 그대로 걷기에 대한 예찬으로 가득한 책이다. 읽다 보면 이 책의 저자인 다비드 르 브르통이 '걷기교'라는 종교의 교주이자, '걷기학'이라는 학문의 최고 석학처럼 느껴진다. 다만 이 교주와 석학은 의사나 교사의 얼굴을 하고 있지 않다. 그는 걷기가 얼마나 건강에 좋은가에 대해 역설하지도 않고, 반드시 걸어야 한다고 훈계하지도 않는다. 그저 걷기가 얼마나 순수한 즐거움일 수 있는지를 조곤조곤 이야기한다. 그 즐거움은 마치 모래 놀이나 블록 놀이를 하는 어린아이들이 자신들이 만든 것을 부수었다 다시 만들었다 하면서 놀이 자체에 깊게 몰입해 있을 때의 상태와 흡사하다. 저자 자신의 말뿐만 아니라 루소, 바슐라르, 소로, 바쇼, 스티븐슨 등 매력 넘치는 인물들의 걷기에 대한 생각을 다양하게 인용한 점도 이 책을 더욱 흥미롭게 한다.

> 걷는 것은 자신을 세계로 열어놓는 것이다. 발로, 다리로, 몸으로 걸으면서 인간은 자신의 실존에 대한 행복한 감정을 되찾는다.
>
> (중략)
>
> 비록 간단한 산책이라 하더라도 걷기는 오늘날 우리네 사회의 성급하고 초조한 생활을 헝클어놓는 온갖 근심걱정들을 잠시 멈추게 해준다. 두 발로 걷다보면 자신에 대한 감각, 사물의 떨림들이 되살아나고 쳇바퀴 도는 듯한 사회생활에 가리고 지워져 있던 가치의 척도가 회복된다.
>
> - 다비드 르 브르통, 《걷기 예찬》

단, 중요한 것은 이 걷기가 반드시 혼자 하는 행위여야 한다
는 점이다.

혼자서 걷는 것은 명상, 자연스러움, 소요의 모색이다. 옆에
동반자가 있으면 이런 덕목들이 훼손되고, 말을 하지 않을 수
없게 되며, 의사소통의 의무를 지게 된다. 침묵은 혼자 떨어져
있는 보행자에게 없어서는 안 될 기본적 바탕이다.
　　－ 다비드 르 브르통,《걷기 예찬》

책에서 인용한 스티븐슨의 말대로 '둘이서 하는 산책은 산책
이 아니라 피크닉'일 따름이며, 반드시 혼자여야 하는 이유는
'자유가 그 내재적 속성이기 때문'이다. 걷는다고 해서 어떤 문
제가 해결되지는 않는다. 걷기만으로 당장 내 고민이 해결되고
불안이 해소되며 누군가를 용서하게 되면 얼마나 좋겠느냐만,
사실 그것은 터무니없는 욕심일 것이다. 그런데도 걷는 이유
는 이 '자유' 때문이 아닌가 싶다. 자유라고 해서 '그리스인 조
르바' 수준의 대단한 자유는 아니다. 나는 조르바가 아니기에
나를 둘러싼 모든 현실적 제약을 뛰어넘지 못한다. 그럴 수 있
는 기질도, 용기도 갖고 있지 못하다. 다만 혼자 아무 말 없이
걷는 동안만큼은 잠시나마 자유롭다고 느끼며 이 자유가 무척
감사하고 소중할 뿐이다.

*
* *
*

말을 완성시키는
침묵

젊은 날에는 말이 많았다. 말과 그 말이 가리키는 대상이 구별되지 않았고 말과 삶을 구분하지 못했다. 말하기의 어려움과 말하기의 위태로움과 말하기의 허망함을 알지 못했다. 말이 되는 말과 말이 되지 않는 말을 구별하기 어려웠다. 언어의 외형적 질서에 하자가 없으면 다 말인 줄 알았다.

– 김훈,《너는 어느 쪽이냐고 묻는 말들에 대하여》

나로서는 이런 글을 읽으면 뜨끔하지 않을 도리가 없다. 아무리 생각해도 난 말이 적은 편이 아니다. 딱히 할 말도 없는데 그저 침묵 상태가 어색해 주절주절 별 쓸데없는 말을 지껄인

51

적도 많다. 나이가 들어가면서 좀 누그러지기는 했지만 누군가와 언쟁이라도 벌이면 마지막 말을 하는 사람이 꼭 나여야만 직성이 풀리는 유치한 호승심도 있었다. 그러면서도 동시에 말이 지긋지긋하기도 했다. 교사였을 때 제일 부러운 사람이 수학 교사라는 농담을 한 적이 있다. 수학 교사는 학생들에게 문제를 풀라고 하고 그 시간에 침묵할 수 있지만 국어 교사는 끊임없이 떠들어야 한다고 생각했기 때문이다. 그때는 퇴근하면 본의 아니게 묵언 수행을 하면서 말에서 해방된 시간을 즐기기도 했다. 말을 많이 하는 것이 지겹고 힘들다 하면서도 했던 이유는 내가 말을 안 하면 수업은 물론이고 담임을 맡은 반이 엉망이 될지도 모른다는 걱정 때문이었다. 그런데 급성 인후염으로 며칠 목소리가 나오지 않게 되었을 때 알게 되었다. 이 걱정은 어디까지나 기우였음을. 내가 말을 하지 않는다고 해서 큰일이 벌어지지도 않았고 세상은 아무렇지도 않게 잘 돌아갔다.

대부분의 사람이 그렇듯이 나 역시 말로 다른 이에게 의도치 않은 상처를 주기도 했고, 작정하고 상처를 주기도 했다. 물론 주기만 한 것이 아니라 만만치 않게 돌려받기도 했다. 마음이 잘 통하는 사람들과 말을 하는 즐거움을 누리면서, 좋아하지 않는 사람들과 말을 섞어야 하는 괴로움도 겪어왔다.

흠……. 여기까지 쓰고 보니 지금 쓰고 있는 이 글 역시 침묵하지 못하고 쏟아내는 말 같아 민망해진다. 그런데 이런 내 글과 달리 말이 침묵을 훼손하지 않는 신기한 마술을 보여주는 책이 있다. 바로 막스 피카르트의 《침묵의 세계》이다. 이 책은 여러모로 놀랍다. '침묵'이라는 주제로 이렇게 많은 말을 할 수 있다는 것이 1차로 놀랍고, 그 많은 말들이 역설적이게도 침묵과 비슷한 느낌으로 다가온다는 점에서 2차로 놀랍다. 작가는 이 책에서 "침묵은 말이 없이도 존재할 수 있지만, 말은 침묵이 없이는 존재할 수 없다. 침묵이라는 배경이 없다면, 말은 아무런 깊이도 가지지 못 한다"라고 얘기하면서, 이미 이 세상은 침묵의 세계에서 너무 멀어져버렸다고, "말은 소음에서 생겨나 소음 속에서 사라진다"라고 안타까워한다.

막스 피카르트는 이 책을 1948년에 출간했다. 그가 만일 지금처럼 휴대전화 알림음이 끊임없이 울리고, TV는 하루 종일 전파를 내보내고, 쉬지 않고 쏟아지는 가십과 뉴스와 거기에 주렁주렁 달린 댓글로 홍수를 이루는, 한마디로 침묵이라고는 아예 송곳 꽂을 데도 없는 이 '소음의 땅'에서 산다면 과연 뭐라고 했을까. 그 당시도 이렇게 비관적이었는데 말이다. 하지만 그는 침묵이 생존할 수 있는 희망적인 터전도 이야기한다. 그것은 바로 시詩! 그는 "시인들의 언어 속에서만은 이따금씩 침묵과 연결되어 있는 진정한 말이 나타난다"라며, 원래 시는 침묵으로부터 발생했으며 침묵을 동경한다고 말한다. 그러고 보니 내 영혼이 마치 비에 젖은 낙엽 같아 어떤 말을 할 의욕

도, 들을 기운도 없을 때면, 재미있는 소설도 있고 드라마도 있
는데 왜 굳이 시를 찾아 읽게 되는지 알 것 같다. 시를 읽다 보
면 '침묵이 말을 완성한다'라는, 조금은 알쏭달쏭한 잠언 같은
작가의 말이 무슨 의미인지 저절로 이해되는 느낌이다. 물론
모든 시가 침묵으로 말을 완성하는 경지를 보여주는 것은 아
니다. 좋은 시만이 이런 특별한 체험을 선사한다. 이를테면 아
래의 시처럼.

떠나고 싶은 자
떠나게 하고
잠들고 싶은 자
잠들게 하고
그러고도 남는 시간은
침묵할 것

또는 꽃에 대하여
또는 하늘에 대하여
또는 무덤에 대하여
서둘지 말 것
침묵할 것

그대 살 속에
오래 전에 굳은 날개와
흐르지 않은 강물과
누워 있는, 누워 있는 구름,
결코 잠 깨지 않은 별을

쉽게 꿈꾸지 말고
쉽게 흐르지 말고
쉽게 꽃피지 말고
그러므로

실눈으로 볼 것
떠나고 싶은 자
홀로 떠나는 모습을
잠들고 싶은 자
홀로 잠드는 모습을

가장 큰 하늘은 언제나
그대 등 뒤에 있다.
- 강은교, 〈사랑법〉《풀잎》 중에서)

***

모나미 153
볼펜의 추억

교사였을 때 교지 편집부 학생들과 인터뷰를 하면서 이런 질문을 받았다.

"지금껏 살아오면서 공부를 가장 열심히 했던 시기는 언제였나요?"

물론 고등학생들이 던진 질문이기에 여기에서 공부는 넓은 의미가 아닌 좁은 의미, 즉 학창시절에 했던 학과 공부를 의미한다. 질문에 대한 내 대답은 '고등학교 1학년 여름방학'이었다.

고등학교에 입학한 해의 3월은 정말이지 힘들었다. 추위를 많이 타는 체질인데 교실은 북향이라 너무 추웠고, 아침잠이 많은데 0교시 수업을 견뎌야 했다. 저질 체력에게 9교시까지 이어지는 수업과 뒤이은 야간 자율 학습은 마치 극기 훈련 같았다. 무엇보다 나를 가장 막막하게 만든 것은 중학교 때와는 무언가 차원이 다른 교과 수준과 학습량이었다.

사실 중학교 때까지의 내 공부 패턴을 요약하면 임기응변과 벼락치기의 반복이었다. 지금의 나와 동일한 대뇌를 가진 인물이라는 것이 믿어지지 않을 정도로 그때의 나는 암기력이 좋았다. 학습해야 할 내용의 수준이나 양도 뻔했던지라 화끈하게 외워서 답안지 제출과 함께 깔끔하게 잊어버리기를 반복했다. 국·영·수는 암기 과목이 아니라는 선생님의 말씀에 속으로 코웃음을 쳤다. 수학 문제를 풀면서도 '뭐 이 정도 수준을 굳이 이해씩이나 할 필요가 있나? 아주 간단하게 외워지는데'라고 생각했다. 그러다 보니 그때는 '내 머리가 너무 좋은 것 아냐?'라는 행복한 착각도 했다. 문제는 고등학교에서는 이 요령이 더는 통하지 않는다는 사실이었다. 특히 영어 단어가 문제였다. 중학교 때까지는 모든 과목의 교과서가 국정교과서였던지라 영어도 교과서에 나오는 단어와 문장만 달달 외우면 만사 오케이였다. 그런데 고등학교에 올라오니 외워야 할 영어 단어의 양이 무시무시했다. 그때 난 16년 인생의 첫 번째 시련과 맞닥뜨렸다는 느낌마저 들었다. 그 시련 앞에서 나는 지금까지 써왔던 임기응변과 벼락치기로는 아무것도 안 되겠다는, 계속 그런 식으로 하다가는 내 인생이 내가 원하는 바와는 완전히 멀어질 것 같다는 위기감을 느꼈다. 그 위기감 속에서 이제부터는 조금은 원칙적이고 정직한 방법으로 이 시련을 돌파해야 한다는, 지금 생각해도 기특한 다짐을 했다.

그해 여름방학이 시작되던 날, 서점에서 고등학생용 영어 사전을 한 권 샀다. 학기 중에는 수업도 많고 다른 과목 숙제도 있어서 따로 단어를 외울 시간이 없었으니 방학이 기회라고 생각했던 것이다. 학교에서 보충수업을 받아야 하는 오전 시간을 제외하더라도 취침 전까지 10~11시간 정도를 확보할 수 있었다. 고등학생용이라 보통 사전보다는 얇았지만 그래도 수록된 단어 수가 꽤 많았다. 대충 헤아려보니 아는 단어 빼고, 각 단어의 파생어를 제외하면 외워야 할 단어가 3,000개 정도 되는 것 같았다. 방학이 36일이니 하루에 100단어 정도를 외워야 한다는 계산이 나왔다. 사전을 산 다음에는 문구점에 가서 볼펜 서른여섯 자루를 샀다. 볼펜에도 '국민'이라는 수식어를 붙일 수 있다면 마땅히 '국민 볼펜'이라고 불릴 만한 스테디셀러, 바로 모나미 153 0.7mm였다. 그러고는 그날부터 그 볼펜을 하루에 한 자루씩 썼다. 정확히 말하면 그 볼펜 한 자루를 다 쓰기 전에는 잠을 자지 않았다. 어떤 날은 잠이 너무 오는데도 볼펜은 계속 나와서 울면서 쓰기도 했다. 내 경험에 의하면, 모나미 153 0.7mm로 아홉 시간 정도를 쉬지 않고 무엇인가를 쓰면 더는 잉크가 나오지 않았다. 방학 마지막 날 밤, 어쨌든 나는 통째로 외운 사전 한 권과 다 쓴 볼펜 서른여섯 자루를 얻었다.

이런 말을 하고 있노라니 내가 무슨 고시 삼관왕이 되어 합격 후기라도 쓰는 것 같아 민망한 기분이 든다. 사실 그 36일 동안의 무식한 성실함은 어디까지나 내 인생에서 잠깐 있었던 예외적 사건일 뿐이다. 난 공부든 뭐든 잠을 참아가면서까지 할 만큼 인내심과 의지력이 투철하지도 않으며, 세운 계획을 모두 지킬 만큼 철저하고 부지런한 품성을 갖고 있지도 못하다. 다만 그때의 사건이 나에게 남긴 어떤 영향에 대하여 하고 싶은 말이 있기에 이 에피소드를 꺼냈을 뿐이다.

성적과 관련한 실질적인 효용의 측면에서 보면 그 볼펜 쓰기 덕분에 영어 시험이 쉬워졌다. 한 번 진하게 외운 덕분인지 그 이후로 별다른 어려움 없이도 수능을 볼 때까지 영어 성적은 안정적으로 나왔다.

그런데 이보다 중요한 것은 바로 그때의 경험이 나의 내면에 남겨놓은 어떤 흔적이다(솔직히 그때 외운 단어 대부분은 지금 내 머릿속에 남아 있지도 않다). 비록 그 이후에 스스로 세운 계획을 지키지 못한 적도 많았고 그로 인해 자신에게 실망도 많이 했지만, 그래도 지키기 힘든 약속 하나를 끝내 지켰다는 사실, 거기에서 오는 스스로에 대한 신뢰감이 나의 내면에 심어진 것이다. 그리고 스스로 그 신뢰를 얻어내기 위해서는 고독을 감당할 수 있는 각오가 반드시 필요함을 온몸으로 깨달았다. 새벽 두 시까지 울면서 볼펜을 쓰던 그때, 좀 거창하게 표현하자면 열여섯 살의 나는 '절대 고독'이 이런 것이 아닐까 생각했다. 너무 힘들고 외로운데 어디에다가 응석을 부릴 수도 없고, 결코 다른 사람이 대신해줄 수 없는 어떤 일을 최선을 다해 끝까지 해내야 할 때 덮쳐오는 그 고독 말이다. 그때 나는 앞으로 살다 보면 이런 고독을 종종 겪을 수밖에 없음을, 그 고독에서 도망치지 않아야 스스로 떳떳할 수 있음을 어렴풋하게나마 감지했다. 그리고 이 고독이 자유와 연결되어 있음을 느꼈다. 새벽 두 시가 넘은 시각, 아픈 손목을 주무르며 책상에서 일어났을 때 내가 느낀 것은 아이러니하게도 자유로움이었다. 당시에는 이 느낌이 낯설고 당황스러웠다. 방금 전까지 자고 싶은 욕망을 참아가면서 마치 노역을 하는 심정이었는데 자유라니. 그 느낌을 이해하고 설명할 수 있기까지는 시간이 한참 흘러야 했다.

　진정한 자유의 조건은 어쩌면, 하고 싶은 것을 행하는 것이 아니라 하고 싶은 것을 하지 않을 수 있을 때 충족되는지도 모르겠습니다.

　하고 싶고, 갖고 싶고, 되고 싶은 욕구 안에 갇혀 있으면서 어

떻게 하고, 갖고, 되고 싶은 대로 하는 것을 자유라 할 수 있는
가……. 그러므로 자유는 '할 수 있는가'의 문제가 아니라 '하지
않을 수 있는가'의 문제일 수도 있습니다.

그렇습니다. 자신의 자유를 해치는 첫 번째 원인은 외부의 환
경이 아니라 바로 자신의 욕구와 욕망입니다.

— 이영표, 〈자유는 '하지 않을 수 있는가'의 문제다〉《쿰회보》 2016. 7)

위는 전 국가대표 축구 선수이자 지금은 축구 해설 위원으로
활동하고 있는 이영표 선수의 글이다. 이영표 선수의 삶에 대해
서 자세히 알지는 못하지만 그가 축구를 시작한 어린 시절부터
지금까지 어떤 태도로 삶을 살아왔을지는 대충 짐작할 수 있을
것 같다. 나야 잠깐의 '추억'으로 이렇게 떠벌리는 한때의 노력
이 그에게는 아마도 오랜 세월 반복된 일상이지 않았을까. 저
글이 나에게 묵직한 여운을 남긴 이유는 그가 통찰해낸 자유의
의미 속에서 그가 감당해내야 했던 엄청난 고독이 보였기 때문
이다. 나도 그 시절, 모나미 153 0.7mm 서른여섯 자루를 통해
자유란 뭐든지 내 마음대로 하는 쾌락이 아니라 고독의 끝에
서야 겨우 누릴 수 있는 것임을 희미하게나마 알게 되었고. 기
껏 외운 단어는 잊어버렸지만 그 깨달음만은 지금까지 남아서
나를 흔들리지 않게 잡아주고 있다. 다행스럽게도.

텔레비전에 내가 나왔으면, 정말 좋을까?

한 어린이집에서 학부모 참여 수업이 열린 날, 엄마들 앞에서 다섯 살 꼬맹이들이 한복을 입고 〈군밤 타령〉에 맞춰 춤을 춘다. 박자도 안 맞고 동작도 제각각이지만 다섯 살은 뭘 어떻게 해도 아직은 귀여운 나이. 그 모습을 보는 사람들의 얼굴에는 말 그대로 엄마 미소가 번진다. 그런데 한 아이만은 친구들과 함께 춤을 추지 않고 자기 엄마 무릎 위에 앉아서 친구들을 보고 있다. 그 아이의 엄마는 관객의 역할을 하느라 입은 웃고 있으나 눈까지 웃을 수는 없다.

눈치 챘겠지만 그 아이는 6년 전의 내 아들이고, 그 엄마는 나다. 지금은 열한 살이 된 아이는 작년 연말, 학교에서 개최한 학예회에서 (다행스럽게도) 무사히 바이올린 독주를 했다. 친구들과 선생님, 엄마와 친구 엄마들 앞에서 말이다. 하지만 그렇게 하기까지 엄청나게 긴장했고 왜 이런 것을 해야 하는지 이해를 못 하겠다며 불만이 많았다.

대체로 부모들은 자신의 아이가 적극적이고 자신감 있는 성격이기를 원한다. 그런 성격이 리더의 자질이자 이 험한 세상을 성공적으로 살아가는 조건이라 믿으며 말이다. 게다가 남자아이일 경우에는 그 믿음은 당위가 된다. 그 당위 안에서 어떤 아이들은 '교정이 필요한 성격'으로 낙인이 찍혀 이래저래 피곤하고 억울한 일을 겪게 된다.

나 역시 6년 전, 그 자리에 앉아 있으면서 아무렇지도 않았다고 하면 거짓말일 것이다. 그렇지만 나는 어떤 결심이 속상한 마음보다 컸기에 아이들의 춤이 끝난 후 박수를 치고 나서 바로 내 아이를 꼭 안아주었다. 그 결심을 한 줄로 요약하면 이것이다. '부끄럼을 잘 타는 내 아들이 자신의 부끄럼을 부끄러운 것으로 인식해 열등감에 빠지게 하면 안 된다.' 아이는 아기였을 때부터 낯가림이 심하고 예민한 편이었다. 무서움이나 부끄럼도 많이 탔다. 이건 아이의 타고난 기질이었다. 이 기질이 여러 환경적 요인이나 자극에 의해 다른 성격으로 변모할 수도 있겠지만 열등하거나 병적이어서 억지로 교정이나 치료를 받아야 하는 것은 아니었다. 내가 이런 생각을 할 수 있었던 것은 그동안 무수히 읽어댔던 육아서 덕분이기도 하지만 어린 시절의 경험 때문이기도 했다.

어렸을 적 우리 집에는 친척들이 오면 아이들에게 노래를 시키는 이상한 전통(?)이 있었다. 어른들이 관객이 되고, 나와 동생들, 사촌들이 한 사람씩 앞에 나가 노래를 불러야 했다. 이제 와서 솔직하게 말하자면 난 이 시간이 끔찍하게 싫었다. 그래서 거부했냐고? 아니, 거부하지 못했다. 거부하는 순간 덜떨어진 애가 되는 수모를 당해야 했기 때문이다(부모님을 비롯해 어른들은 자신들이 언제 그랬느냐고 항변하실 수도 있겠지만 적어도 어린 나에게는 그렇게 느껴졌다). 게다가 나는 장녀였다. 동생들은 가끔 그 압력을 거부했지만 나까지 그러면 안 된다는 강박감이 나를 옥죄었다. 부끄럼 타지 않고 노래를 부르는 것은 일종의 능력이었고, 자식의 무능력은 부모를 불쾌하게 만들 수 있다는 분위기가 감지되었기 때문이다. 내가 만일 연예인 기질이 충만해 어디서나 시키지 않아도 즐겁게 춤추고 노래했다면 아무 문제가 없었을 수도 있다. 오히려 그 시간이 정말 행복했겠지. 하지만 나는 원래 수줍음이 많고 내성적이었다. 그 기질을 숨기고 활발하고 적극적인 성격인 것처럼 연기했을 뿐. 그 연기를 향한 노력이 얼마나 대단했던지 나중에는 내가 연기를 하고 있는지 원래의 내 모습이 이런지 나조차도 헷갈릴 지경이었다.

아이가 여덟 살 때, 〈아빠! 어디가?〉라는 텔레비전 프로그램을 재미있게 시청하고 있기에 아이에게 이렇게 물은 적이 있다.

"너도 저런 프로그램에 출연하고 싶지 않아? 그러면 저 아이들처럼 신나고 재미있을 텐데."

아이는 잠깐 생각하더니 이렇게 대답했다.

"아니, 별로일 것 같아. 텔레비전에 나오게 되면 내가 모르는 사람들이 날 알아볼 것 아냐? 나는 그 사람을 모르는데, 그 사람만 내 얼굴을 아는 건 불편하고 피곤할 것 같아."

4학년이 되고 학기 초, 아이가 다음 날 반장 선거가 있다고 말해서 나는 아이에게 반장이 되고 싶은 생각이 없느냐고 물었다. 그랬더니 아이는 대답했다.

"난 '저를 반장으로 뽑아주시면 이렇게 저렇게 하겠다'라는 말이 너무 이상해. 그런 말들은 대부분 거짓말이거나 허풍일 수밖에 없다고. 예를 들어 누구 한 사람이 반장이 된다고 해서 반 전체가 어떻게 공부를 잘하고 화목하게 되냐고. 난 그런 말들을 내 입으로 하는 건 물론이고 다른 사람의 그런 말을 듣는 것조차 너무 부끄러워!"

'텔레비전에 내가 나왔으면 정말 좋겠네, 정말 좋겠네~♬'
이 동요를 지금도 어린이집이나 유치원에서 아이들에게 부르게 하는지는 모르겠다. 하지만 세상의 모든 아이가 이 노랫말에 공감하는 것은 아니다. 나 역시 어렸을 적 따라 부르라고 하니 부르기는 했지만, 이 노래가 좀 바보 같다고 생각했다.

내 아이는 설령 하늘이 두 쪽 나더라도 〈스타킹〉 같은 프로그램에 나가 춤을 추지는 못할 것이다. 그 대신 아이는 일방적인 시선의 폭력성이 어떤 것인지를 어렴풋하게나마 이해하는 감수성을 지녔다. 내 아이는 반장이 되고 싶은 마음은 없지만 친구들 각각의 개성을 포착하는 주의력을 갖고 있다. 학예회 준비를 하면서는 많이 긴장하고 투덜거렸지만 하굣길에 새끼를 밴 길고양이를 보고는 오랫동안 그 고양이의 안위를 걱정하는 마음을 지녔다. 수업 시간에 손을 들고 발표하는 것은 쑥스러워하지만 책 읽고 생각하기를 즐기는 성향을 갖고 있다. 비교적 사소한 일에도 마음을 잘 다쳐서 짜증을 낼 때는 엄마인 나를 피곤하게 하지만, 여덟 살 어린 여동생에게는 한없이 다정한 오빠이다. 세상에는 이런 아이도 있는 법이고, 나는 이런 내 아이가 좋다.

무엇보다 중요한 것은, 수줍음을 긍정적인 성격으로 인정하는 것이다. 가장 훌륭하고 심오한 수줍음의 본질은 다른 사람들이 상처받지 않도록 그들을 배려하고 걱정하는 마음이다. 사랑에 빠진 사람들이 수줍어하는 것은 상대방을 진심으로 좋아하기 때문이거나 자신에 대해서 솔직히 알려주고 싶은 마음 때문이다. 숨김없이 무척 비밀스러운 무엇인가를 알게 되었을 때 느끼는 것이 수줍음이다. 세상과 사랑이 얼마나 아름다운지 깨닫고 희망과 애정으로 서로가 서로를 배려할 때 나오는 것이 바로 '수줍음'이다.

　- 에다 르샨,《아이가 나를 미치게 할 때》

***

인류를 사랑한다는
달콤한 착각

3년 전 어느 날이었다. 근처 마트에서 장을 간단하게 보고 장바구니를 어깨에 멘 채 집으로 걸어오고 있는데, 맞은편에서 집 근처 중학교 교복을 입은 여중생 네 명이 재잘거리며 걸어오고 있었다. 그 네 명은 일렬횡대였고, 아파트 단지 내 보도블록 폭은 그 네 명으로 꽉 찰 정도였는데, 그들은 나와의 거리가 좁혀지는 데도 비킬 생각이 없는 듯했다. 굳이 그 사이를 뚫고 지나가기도, 비켜달라고 말하기도 뭐해서 난 그냥 아스팔트 차도로 살짝 내려섰다. 그때 어깨에 멘 내 장바구니와 맨 끝에서 걷고 있던 아이의 팔이 부딪쳤고, 그 순간 무엇인가가 툭하고 떨어지는 소리가 나더니, '쌍!'으로 시작하는 무시무시한 온갖 욕설들(실생활에서는 듣기도 힘들고 19금 영화에서 조폭이나 사채업자들이 하는 것 같은 그런 희한한 욕이었음)이 마치 불꽃놀이의 폭죽처럼 빵빵 터졌다. 이게 무슨 상황인가 싶어 뒤를 돌아봤는데, 툭 떨어진 물체는 그 아이의 휴대전화였고, 욕을 하는 주체는 그 아이였으며, 욕의 대상은 다름 아닌 나였음을 바로 알게 되었다. 그 아이는 내가 뒤돌아 쳐다보는데도 휴대전화를 문지르며 욕을 멈추지 않았다. 아니, 멈추기는커녕 나를 노려보며 한층 톤을 높여 다양한 육두문자를 날렸다. 어떤 상황이든지 갑작스럽게 당하면 그저 멍해지듯이 나도 그랬다. 그 광경을 몇 초 동안 우두커니 쳐다보고 있었더니, 그 아이들은 계속 뭐라고 짜증을 내면서 가던 길을 갔다.

집에 들어와 장 본 것들을 냉장고에 정리하는데 조금 전 상황이 어이없고 화나면서 좀 웃기기도 했다. 비록 짧은 순간이었다 해도 난 왜 아까 아무 말도 못 했을까. 물론 너무 황당하다 보니 무슨 말을 어떻게 해야 할지 몰랐다. 그런데 솔직히 난 황당하기에 앞서…… 음…… 무서웠다……. 교사 시절 소위 노는 아이들과 잘 지내는 편이었고, 동료 교사들로부터도 그런 아이들을 잘 다룬다(이 '다룬다'라는 단어가 좋은 표현은 아니지만 흔히들 이 말을 쓰므로 여기에서도 그냥 쓴다)는 평을 들었음에도 막상 그런 상황에 닥치고 보니 무서웠다. 그곳은 학교 복도가 아니고 그냥 길바닥이었으며, 그 아이들에게 나는 더 이상 선생님이 아니라 '재수 없는 아줌마 행인'일 뿐이지 않은가. 이런 생각을 하니 뭔가 웃기면서도 서글픈, 요즘 유행하는 말로 '웃픈' 기분이 들었다. 그렇다고 그 웃픈 기분이 오래가지는 않았다. 그날 저녁을 먹으며 남편에게 이야기하고, 그다음 날에는 아이 친구 엄마들과 만나 수다를 떨면서 다 털어냈다. '요즘 애들 왜 그러냐, 정말 큰일이다'라는 매우 상투적인 결론을 내면서.

그런데 이상도 하지. 그날의 불쾌함은 희미해졌는데도 뭐라 말하기 힘든 찜찜함은 며칠이 지나도 계속 남아 있는 기분이었다. 이 찜찜함이란 대체 무엇일까 곰곰 생각하다 보니 비로소 그 정체가 보였는데, 그 구체적인 내용은 다음과 같다. 난 그즈음에 한 출판사로부터 '청소년들의 가치관 형성과 그들의 고민 해결에 도움을 주는 콘셉트의 책'을 의뢰받아 그 내용과 구성 방식을 고민하고 있었다. 그런 책을 쓰기 위해서는 일단 책의 주요 타깃이 되는 독자들에 대해 많이 생각해볼 필요가 있었으므로 내 책의 독자가 될 청소년들을 머릿속에 설정해놓은 상태였다. 그 설정된 청소년들의 모습을 요약하자면, '열심히 공부하지만 이 사회의 미친 경쟁 시스템 때문에 시들어가고, 진로에 대해 진지하게 고민하지만 이 사회의 획일화된 잣대 때문에 불안하며, 가족이나 친구와 바람직한 관계를 맺고 싶지만 여러 방해 요소로 상처받는 존재들'이라고 할 수 있었다. 한마디로 그들은 아무 잘못이 없고(아니, 없어야 하고), 더 나아가 더러운 어른들에 비해 매우 높은 도덕성을 지닌 존재여야 했다. 이게 얼마나 비현실적이고 웃기는 착각인지는 교사였던 내가 누구보다 잘 알고 있었지만, 당시는 책 생각만 하다 보니 감이 떨어졌는지 어쨌는지 나도 모르게 그런 망상에 가까운 관념에 빠져 있었다. 그 관념 속의 청소년 중에 나에게 욕을 해댔던 그런 아이는 없었다. 어른에게 무례하기 짝이 없을 뿐 아니라, 입에 필터라도 끼워주고 싶을 만큼 아무 말이나 나오는 대로 지껄이는, 그런 '개싸가지'는 도저히 그 안에 들어올 수 없었다. 하지만 어쩌랴. 그 아이도 분명 청소년인 것을. 나는 그 엄연한 진실을 겸허하게 받아들이지 않으면 책이고 뭐고 쓰지 못할 것 같은 기분이 들었고, 이것이 바로 나를 며칠 동안 찜찜하게 만든 기분의 실체였다.

미국의 만화작가 찰스 슐츠는 '피너츠'라는 만화를 그렸다. 스누피와 찰리 브라운이라는 캐릭터로 유명한 그 전설적인 만화 말이다. 애니메이션으로 만들어지기도 했지만 원래는 신문 연재만화였는데, 워낙 이 만화의 팬이다 보니 연재된 거의 모든 회를 찾아서 봤다. 그중에 이런 내용이 있다. 이 만화의 등장인물 중 찰리 브라운의 친구인 '라이너스'라는 아이는 항상 담요를 들고 다니며 엄지손가락을 빨고 겉보기에는 또래보다 퇴행적인 행동을 하는데, 생각이나 말은 오히려 친구들보다 조숙하다. 그 아이의 장래희망은 의사인데, 1959년 11월 12일에 연재된 내용에서 그 아이의 누나인 루시는 "넌 인류애가 없기 때문에 의사가 될 수 없어(You could never be a doctor! You know why? Because you don't love mankind, that's why!)"라며 라이너스를 공격한다. 그러자 라이너스는 "난 인류를 사랑해. 내가 참을 수 없는 건 인간이라고!(I love mankind… It's PEOPLE I can't stand!)"라며 반박하는데, 읽으면서 대답 한번 걸작이라는 생각이 들었다.

인류를 (관념적으로) 사랑하기는 쉽다. 그렇지만 한 인간을 (관념이 아닌 실생활에서) 사랑하기는 매우 어렵다. 인간은 어디까지나 철저하게 불완전한 존재이므로. 집단으로서 청소년에게 애정을 갖기는 쉽다. 하지만 질풍노도의 시기에 있는 한 명의 청소년을 온전히 이해하기는 결코 쉽지 않다. 독재자도 자기 나라의 국민을 사랑하기는 할 것이다. 어디까지나 자기 관념 속에 있는, 자신이 무슨 짓을 해도 콘크리트마냥 군건하게 지지해주고 순응하는 그런 '신민臣民'이라면 말이다. 하지만 그들이 자신에게 반대하는 '시민'들에게는 어떻게 해오고 있는가. 물론 관념 놀이나 약간의 기부 같은 수준이 아니라 진짜로 자신의 온몸과 삶을 다 던져 인류 혹은 어떤 집단을 위해 헌신하는, 특별한 영혼을 지닌 극소수의 사람들이 있기는 하다. 하지만 나를 포함해 대부분의 보통 사람들은 한 개인으로서 또 다른 한 개인을 사랑하기 위해 겸손한 마음으로 최선을 다해 노력해야 하지 않을까. 그래야 겨우 될까 말까 한 것이 사랑이라는 어려운 미션이니.

관찰하지 않고 인간을 사랑하기는 쉽다.
그러나 관찰하면서도 그 인간을 사랑하기란 얼마나 어려운가.
- 서준식, 《서준식 옥중서한 1971-1988》

살다 보면 '한 점의 티도 없는 옥'이란 어디까지나 관념 속에서나 존재한다는 사실을 깨닫게 된다. 그 관념을 사랑하는 것은 달콤하지만 '관찰'은 그 달콤함을 순식간에 박살 낼 수도 있다. 나 또한 이 진실을 나 자신에게, 그리고 다른 사람들에게 수없이 실망하는 아픔을 겪으면서 알게 되었다. 그렇지만 또하나의 엄연한 진실은 '그럼에도 불구하고' 사랑해야 한다는 것. 설령 한 사람의 추하고 약한 점을 관찰을 통해 알게 되었더라도 무조건 부정하고 거부하기 전에 이해해보려 노력하는 것. 정말 어려운 일이지만 그래도 해보려고 하는 것. 사랑은 바로 거기서부터 출발해야 하지 않을까.

물론 나에게 욕을 퍼부은 그 아이를 차마 사랑까지는 할 수 없었다. 그런데 흥미롭게도 그 아이가 대체 왜 그랬을까를 며칠 동안 생각하노라니 막막하기만 하던 집필이 신기하게도 순조롭게 풀리기 시작했다. 내 관념이 멋대로 만들어낸 달콤하면 서도 오만하기 짝이 없는 착각에서 나온 '집단에 대한 사랑'이 아니라, 도저히 이해하기 힘든 한 명의 '개인'을 어떻게든 이해 해보려는 애처로운 시도가 책을 쓰게 한 것이다.

***
***
***

내가 유독 못 견디는
인간 유형

《내 옆에는 왜 이상한 사람이 많을까?》라는 책을 최근 재미있게 읽었다. '재수 없고 짜증 나는 12가지 진상형 인간 대응법'이라는 부제가 붙은 이 책에서 소개하는 그 열두 가지 인간 유형은 다음과 같다. 남의 업적을 가로채는 사람, 뭐든지 아는 체하는 사람, 화를 잘 내는 사람, 치근덕거리는 사람, 거짓말을 일삼는 사람, 남의 성공을 시기하는 사람, 까다로운 척하는 사람, 불평불만이 많은 사람, 그때그때 인격이 달라지는 사람, 거저먹으려는 사람, 불행 바이러스를 퍼뜨리는 사람, 긍정을 강요하는 사람. 적어도 서른 살이 넘은 사람이라면, 특히 직장을 다녀본 사람이라면 저 열두 가지 인간 유형 중 일부 혹은 전부를 겪어봤을 가능성이 크다. 사실 직장을 다니다 보면 가장 힘든 것이 일 자체라기보다는 '이상한' 사람들 때문에 겪어야 하는 스트레스이지 않던가. 게다가 그 이상한 사람이 자신의 직속 상사라면 삶은 곧바로 고해苦海가 된다. 물론 직장을 다니지 않더라도 이런 사람들과 본의 아니게 엮이기란 그리 희귀한 경험이 아니다.

부제에 '대응법'이라는 단어가 있고, 실제로 유형마다 대응법이 소개되어 있지만 적어도 내가 보기에는 실생활에서 그리 효과가 있을 것 같지는 않다. 사람이 전자제품도 아니고 어디 매뉴얼대로 대응한다고 정확히 작동하겠는가. 하지만 뭐 대응법이 좀 어설프면 어떠랴. 각 유형에 대한 생생하고도 유머러스한 묘사만으로도 읽을 만한 책이고, 나는 그저 이런 인간들과 최대한 엮이지 않기를 기도할 뿐이다.

그런데 이 책에서도 언급하고 있다시피 또 하나의 중요한 사실은 사람마다 그 이상함을 느끼는 민감도와 역치가 각양각색이라는 점이다. 나는 저 사람이 너무 이상하고 견딜 수 없게 싫은데, 다른 사람들은 그 정도는 아닌 것 같을 때가 있다. 반대로 내 친구는 저 인간 상종하기도 싫다며 난리인데, 나는 그럭저럭 참아줄 만한 사람일 때도 있다. 더 나아가 나에게는 이상한 사람인데 다른 사람들에게는 괜찮은 사람일 경우는 당혹스럽기까지 하다. '혹시 나라는 인간이 이상한 건가?' 하는 의심과 함께.

책을 읽으면서 유독 내가 견디기 힘들어하는 유형이 어떤 사람인지, 그러니까 다른 사람들은 그리 심각하게 받아들이지 않는 듯한데, 내가 상대적으로 민감하게 느끼고 싫어하는 성격이나 습관의 소유자에 대해 생각해봤다. 바로 답이 나왔다. 바로 '당위의 세계에서 사는 사람들'이다. 이런 사람들은 세상의 모든 일을 '마땅히 ~해야 한다'라는 프레임으로 본다. 예를 들어 길을 가다가 어떤 시위 장면을 보게 된다. 내가 생각하기에 자연스러운 반응은 이렇다. 일단 무엇 때문에 시위를 하는지부터 알아보고, 시위 목적에 동의나 반대를 한다. 반대를 하더라도 '아, 저기서 저런 시위가 있는데 나로서는 시위 목적이나 방식이나 모두 동의할 수 없군'에서 그치면 된다. 그런데 어떤 사람들은 이런 과정은 싹 무시하고 밑도 끝도 없이 냉혹한 재판관의 얼굴이 되어 이렇게 외친다.

"저것들은 모두 감옥에 처넣어야 해!"

또 다른 예를 들어보면, 아이가 친구와 속상한 일이 있어서 울고 있다. 아이를 사랑하는 부모라면 아이가 지금 느끼고 있는 감정을 최대한 아이 입장에서 읽어보려고 할 것이다. 그런데 어떤 부모는 이렇게 말한다.

"그게 뭐라고 그만한 일로 울어? 씩씩해야지!"

대략 이런 유형의 사람들이 내가 말하는 당위의 세계에서 사는 사람들이다. 어떤 현상을 현상 그대로 보지 않고, 정작 그 현상의 디테일에는 관심도 없고 잘 알지도 못하면서, 그저 '이런 일은 마땅히 이렇게 해야지!' '사람은 자고로 이러이러해야지!'라고 자못 엄숙한 얼굴로 평가질을 해대며 목소리를 높이는 사람들. 나는 이런 사람들과 대화하다 보면 가슴이 답답해지면서 10년 묵은 피로가 몰려오는 느낌인데, 문제는 이런 사람들이 이 사회에는 꽤 많다는 점이다. 물론 이런 반박도 가능하다. '자유민주주의 국가에서 내가 그렇게 생각한다는데 네가 무슨 상관이야? 그런 주장을 할 수도 있지!' 그렇다. 우리나라 헌법은 사상과 표현의 자유를 분명하게 보장하고 있다. 시위대에게 자유가 있듯 그들에게도 당연히 자유가 있다. 다만 내가 참을 수 없는 까닭은 주장을 뒷받침하는 그들의 논리와 근거가 터무니없이 빈약하거나 아예 없기 때문이며, 자신들의 생각을 남에게까지 강요하는 폭력적인 태도를 보이기 때문이다.

2010년에 갑작스럽게 작고한 소설가이자 번역가이며 신화학자이기도 한 이윤기 선생의 글 중에 시인 고은 선생과 있었던 재미있는 에피소드가 등장하는 대목이 있다. 해마다 노벨문학상이 발표될 쯤이면 '혹시 이번에는 우리나라 작가가 받지 않을까?' 하며 우리나라 언론들이 설레발을 치면서 거명하는 작가 중에 반드시 들어가는 사람이 고은 시인이다. 어떤 해인가 이번엔 정말 수상 가능성이 크다며 그 설레발의 정도가 유독 심했던 모양이다. 스웨덴과 시차가 있다 보니 수상자가 밤 늦은 시각에 발표됨에도 이윤기 선생은 잠도 못 자면서 초조한 마음으로 대기하고 있었다. 고은 시인과 평소 사적으로 친하다 보니 만약 그의 수상이 발표되면 곧바로 한 신문사에 고은 시인의 문학 세계를 조망하는 두 꼭지 분량의 원고를 송고하기로 약속되어 있었기 때문이다. 그런데 알다시피 수상은 불발되었고, 그 순간 이윤기 선생은 아쉬움보다 당장 원고를 써야 한다는 엄청난 부담으로부터의 해방감이 더 진하게 다가왔다고 고백한다. 이어지는 글을 인용해본다.

그로부터 한 주일 뒤, 세계 도서 축제가 열린 독일의 프랑크푸르트에서 고은 시인을 만났다.

마음고생 많이 하셨지요?

이런 의례적인 인사 끝에, 발표 당일 내가 했던 마음고생과, 발표를 듣는 순간 내가 보였던, 이기적인 반응도 솔직하게 고백했다. 그러고는 가볍게 긴장했다. 그가 이런 말로 나를 야단칠 수도 있기 때문이었다.

"뭐라고? 내가 수상에 실패했는데, 모국의 문학에, 모국어에 돌아올 수도 있는 영광이 다른 곳으로 흘러갔는데도 자네가 보인 반응이, 뭐? 아이고 살았구나? 신문 원고 쓰는 부담에서 놓여났다고, 뭐, 아이고 살았구나? 자네가 그러고도 한국의 작가야? 한국인이야?"

그러나 아니었다. 고은 시인은 나의 고백을 듣고는 한동안 탁
자를 치면서 박장대소하더니 이렇게 중얼거렸다.

"나 안 섭섭해. 이 사람아, 그게 인간이야. 우리는 그런 인간에
대해서 써야 해!"

　　　　　　　　　　　　　　　　　　- 이윤기,《내려올 때 보았네》

　문학작품을 읽는 이유는 사람마다 다양할 수 있겠지만, 나
는 문학이 당위의 세계가 갖는 빈약함과 폭력성에서 그 어떤
것보다 자유롭다고 여기기에 읽는다. 좋은 문학 작품일수록 당
위가 아닌 현상을 꼼꼼하고 성실하게 들여다보고, 그것을 바탕
으로 현상 너머 혹은 현상의 이면까지 통찰해낸다. 그리고 그
통찰을 통해 비로소 우리는 당위의 세계에서는 절대 볼 수 없
는 어떤 진실과 만나게 된다.

*
**
*

'혼밥'의
매력

뜨거운

순대국밥을 먹어본 사람은 알지

혼자라는 건

실비집 식탁에 둘러앉은 굶주린 사내들과

눈을 마주치지 않고 식사를 끝내는 것만큼

힘든 노동이라는 걸

고개 숙이고

순대국밥을 먹어본 사람은 알지

들키지 않게 고독을 남기는 법을

소리를 내면 안 돼

수저를 떨어뜨려도 안 돼

서둘러

순대국밥을 먹어본 사람은 알지

허기질수록 달래가며 삼켜야 한다는 걸

체하지 않으려면

안전한 저녁을 보내려면

   - 최영미, 〈혼자라는 건〉(《서른, 잔치는 끝났다》 중에서)

  '혼밥'이라는 말을 처음 들었을 때, '쌀과 다른 잡곡을 섞은 밥인가?' 착각했다. '혼자 먹는 밥(혹은 혼자 밥 먹기)'의 줄임말이라는 것을 금방 알게 되었지만. 흔히 사람들이 갖고 있는 '혼밥'에 대한 인식은 어떤 것일까. 대체로 저 위에 인용한 시의 느낌에서 크게 벗어나지는 않을 것 같다. 외롭고 궁상맞고 심리적으로 위축될 수밖에 없는 상태에서 타인의 눈초리를 의식하며 서둘러 끝내야 하는 식사. 의식해야 하는 타인의 눈초리란 대략 이렇다. '다른 사람들이 나를 인간관계에서 실패한 무능력자, 뭔가 성격이 이상한 사람으로 보면 어떡하지?'

  윤고은의 단편집 《1인용 식탁》의 표제작 〈1인용 식탁〉에는 혼자 밥을 먹어야 하는 사람들을 위한 학원이 등장한다. 좀 더 혼자 밥을 잘 먹을 수 있도록 가르치는 학원 말이다. 언뜻 황당하게 느껴지지만 생각해보면 전혀 현실성이 없다고는 할 수 없는 기발한 설정이다. 그 학원도 다른 학원처럼 수강 레벨이 있는데, 아래와 같다.

> 1단계—커피숍, 빵집, 패스트푸드점, 분식집, 동네 중국집,
> 푸드코트, 학원가 음식점들, 구내식당
> 2단계—이탈리안 레스토랑, 큰 중국집, 한정식집, 패밀리레
> 스토랑
> 3단계—결혼식, 돌잔치
> 4단계—고깃집, 횟집
> 5단계—돌발 상황
> - 윤고은,《1인용 식탁》

보자마자 피식 웃음이 나면서 '나는 3단계까지는 크게 어려움을 느끼지 않고 해봤으니 4단계부터 수강해야 하나?' 싶었다. 내가 3단계까지 마스터(?)했다고 이야기하면 주변 사람들은 내가 좀 특이하다는 반응을 보이고는 한다.

나는 집에서는 물론이고 밖에서도 혼자 밥을 잘 먹는 편이다. 좋아하는 사람들과 함께 먹는 밥도 좋지만 혼자 먹는 밥도 매력이 있다고 여긴다. 대학 때 나를 포함해 여섯 명이 함께 몰

려다녔는데, 그 친구들이 들으면 섭섭해할 수도 있겠지만, 가끔 혼자 밥을 먹고 싶어 이런저런 핑계를 대고 함께 점심 먹는 대열에서 이탈한 적도 있다. 딱히 외톨이 기질이 있지도 않고, 타인의 시선으로부터 완전하게 초연한 성격도 아닌데, 이상하게도 밥 먹기에 대해서만은 그런 편이다. 왜 그럴까 궁금했는데, 우연한 기회에 한 사찰에서 '발우공양' 체험을 해본 후 알게 되었다.

음식을 무심코 먹지 말라. 음식을 먹을 때는 자신이 먹고 있다는 것을 분명히 알고 있어야 한다. 몸과 음식이 만나는 지점을 놓치지 말고 붙잡고 있어야 한다. 옛 어른들이 그래서 밥 먹을 때는 말을 하지 말라고 했다. 그 권고는 입 다물고 밥만 퍼넣으라는 말이 아니라, 밥에 감사하며 밥을 느끼라는 충고였다. 적절한 대화를 마다할 일은 아니나, 음식을 먹고 있다는 자각의 끈을 놓쳐서는 안 된다. 가십에 열중하거나, 남을 비난하거나, 두고 온 일을 걱정하거나, 쓸데없는 논쟁에 마음을 빼앗겨서는 안 된다. 그래서는 음식을 느낄 수 없고, 마음 또한 그에 따라 혼란하고 탁해진다. 이렇게 '상념'이 몸을 가로막고 있어서는 소화가 잘 될 리가 없다.

　－ 한형조, 〈밥에서 깨달음을 구하다〉《문화와 나》, 2004년 봄호)

발우공양은 '몸과 음식이 만나는 지점'을 느끼게 했다. 죽비 소리에 맞춰 조용히 밥을 먹으면서 내가 그동안 단지 위장을 채우기 위해 입안에 음식을 쑤셔 넣거나, 혹은 반대로 상대방과의 대화(그래 봤자 대부분 가십)에 지나치게 열중하거나, 혹은 가장 나쁜 경우인 누군가의 눈치를 보고 비위를 맞추느라 정작 먹는 행위 자체에는 집중하지 못한 적이 많았음을 깨달았다. 그리고 혼자 밥을 먹고 싶었을 때는 '음식을 먹고 있다는 자각의 끈'이 필요한 순간이었음을, 그 순간이 주는 위로와 평화가 절실한 순간이었음도 알게 되었다. 마음이 잘 통하는 사람들과 수다를 떨면서 먹는 식사도 그 나름의 즐거움이 있지만 가끔은 혼자서 천천히 음식 자체에만 집중하면서 먹고 싶을 때가 있다.

성인이 됐는데도 음식점에서 혼자 밥을 먹느니 차라리 굶겠다는 사람들이 의외로 많다. 다른 사람의 시선이 신경 쓰여서 괜히 초라해지는 느낌이 든다고 말이다. 하지만 다른 사람들은 생각보다 나에게 관심이 없다. 있어 봤자 금방 휘발되는 호기심 차원에서 벗어나지 않을 때가 많지 않던가. 그러니 한번 도전해보시길. 발우공양을 한다고 생각하면서 말이다. 꼭 절에서만 할 수 있는 것은 아니지 않은가.

행복 없는
행복 전시회

"넌 왜 싸이 안 해?"

10년 전에 친구들과의 모임에서 받은 질문이다. 그 질문을 받고 보니 정말 그 자리에 있는 일곱 명 중에서 '싸이월드 미니홈피'를 갖고 있지 않은 사람은 딱 한 명, 나였다. 그 질문에 대해 구구절절 대답하는 것이 당시 분위기상 맞지 않는다고 판단한 나는 "그냥 귀찮아서"라고 대충 얼버무리며 넘어갔다.

원래 '얼리어답터'와는 거리가 먼 기질인 데다가, 유행에 민감하게 발맞춰 나가는 스타일이 아니라 처음에는 그런 것이 있는가 보다 했다. 그러다가 너도나도 그 미니홈피라는 것을 만들기에 관심이 생겼고, 나도 한번 만들어볼까 하는 호기심에 잠깐 이곳저곳을 구경하다 보니 어떤 흥미로운 현상이 포착되었다. 바로 그 순간, 하고 싶지 않아졌다.

그 현상을 세 문장으로 요약하면 이렇다. '사람들은 자신의 행복을 끊임없이 남들에게 전시하고 싶어 하는구나. 그러면서 다른 사람들의 행복을 훔쳐보고 비교하며 부러워하는구나. 그런데 정작 이 전시회에 내놓은 행복이 왜 진품 같지 않을까.'

특급 호텔에서 먹은 브런치, 휴양지의 고급 리조트, 본인의 얼굴이라고는 보기 힘든 수정된 셀카, 핸섬하고 세련된 남자친구(혹은 남편), 귀엽고 사랑스러운 여자친구(혹은 아내), 천사 같은 아이들, 새로 뽑은 스포츠카, 비행기 창문을 통해 본 짙푸른 바다, 한정판 명품 가방 등등. 그곳에 둥둥 떠 있는 사진들은 대부분 이런 모습이었다. 그리고 그 사진들 밑에 '일촌'들이 달아놓은 댓글에는 질투 섞인 부러움과 비교에서 오는 조바심이 다정하고 상냥한 말투 뒤에 은밀하게 묻어나 있었다. 좀 냉소적으로 말하면 그곳은 소통의 장이라기보다는 노출증과 관음증, 자랑과 곁눈질이 함께 하는 삼류 공연 무대 같았다.

물론 이는 어느 정도 편파적인 관찰이자 해석임을 인정한다. 간혹 그곳엔 내밀하고 진실한 자기 고백이, 일상의 성실하고 정직한 기록이, 진심을 담아 건네는 위로가 있었음을 나 역시 모르지 않는다. 다만 그런 것들은 남들에게 자랑하고 인정받고 싶은 욕망, 또 그런 남들에 대한 질투와 상대적 박탈감에 비하면 그 세력이 너무 미미해 보였다. 바로 이게 내가 '싸이를 하지 않는 진짜 이유'였다.

10년 전 내 또래 중에서는 하지 않은 사람이 거의 없을 정도였던 미니홈피는 이제 스마트폰에 밀린 피처폰의 신세가 되었다. 이젠 바야흐로 '실시간'이다! 트위터, 페이스북, 인스타그램, 카카오 스토리 등을 통해 엄청난 양의 사진과 말이 실시간으로 쏟아지고, 그 사진과 말에 대한 반응이 동시다발적으로 투하된다. 물론 나는 이 중에 그 어떤 것도 하지 않는다. 실생활에서 만난 적이 있고 그 과정에서 어느 정도 시간의 검증을 거친 이들과 단체 카톡 정도는 한다. 현재 속한 모임에서 만든 밴드에 가끔 글을 남기기도 한다. 하지만 이마저도 벅찰 때가 있다. 이런 말을 하면 내가 타인에게 관심이 별로 없는 성향 같겠지만 오히려 그 반대이다. 나는 타인의 감정과 생각에 관심이 많은 편이다. 다만 그들이 무엇을 먹고 무엇을 입고 무엇을 샀는지, 어디로 여행을 가서 어떻게 놀았는지에 대해서 굳이 알고 싶지 않을 뿐이다. 아래의 칼럼에서 김규항이 쓴 비유를 빌리자면, 누군가가 '똥을 누는 것'까지 실시간으로 보고 싶지는 않다.

　　몇 해 전 트위터를 일년쯤 하다가 그만두었다. 누군가 연유를 물어오면 이렇게 말하곤 했다. '사람은 누구나 똥을 눈다. 하지만 남 앞에서 똥을 누진 않는다. 그런데 트위터에서 사람들은 남 앞에서 똥을 눠도 된다고 생각하는 것 같다.' 나는 트위터의 지나친 속도와 가벼움을 받아들이기 어려웠던 것 같다. 물론 이건 트위터라는 미디어가 본질적으로 어떻다는 이야기가 아니라 내게 트위터가 어떻더라는 이야기다.

- 김규항 〈혁명은 안단테로 – '사회' 없는 사회의 복수극〉《경향신문》2015년 12월 1일)

게다가 더욱 심각한 것은 앞에서도 언급했듯이 굳이 '똥을 누면서' 전시하는 행복이 진짜처럼 보이지 않을 때가 많다는 점이다. 이렇게 말하는 내 나름대로의 근거를 이야기해보자면, 10년 전 즈음에 내가 담임을 맡은 아이들의 미니홈피를 구경한 적이 있었다. 그런데 그 아이들 중 몇 명이 자신의 셀카 사진으로 도배해놓은 것을 보고 조금 놀랐다. 흥미로운 것은 자신의 외모에 대한 자존감이 낮은 아이들일수록 '얼짱 각도'와 '뽀샵'으로 범벅된 셀카를 올리고 있다는 사실이었다. 이는 그 아이들의 실제 외모가 예쁜가 그렇지 않은가와는 크게 상관이 없었다. 나는 자신의 행복한 모습(더 정확히 말하면 다른 사람들이 행복하다고 인정해주고 부러워해줄 모습)을 강박적으로 올리는 사람들의 내면은 그다지 행복하지 않다고 추측한다.

더불어 이런 질문도 해볼 수 있다. 그 행복한 모습이 과연 일상이 될 수 있는가. 그것은 아마도 아파트 분양 전에 구경 가는 모델하우스 같지 않을까. 모델하우스가 아무리 쾌적하고 세련되어 보여도 우리는 그곳에서 살 수 없다. 우리는 모델하우스가 아닌 집에서 산다. 집의 거실 바닥에는 개키지 못한 빨래가, 다용도실에는 미처 빨지 못하고 구석에 처박힌 걸레가, 각종 장난감으로 난장판이 된 아이 방이 있다. 일상은 호텔 브런치 세트가 아니라 국에 대충 말아서 김치랑 먹는 아침 식탁, 명품으로 쫙 빼입은 잘생긴 남자친구가 아니라 속옷 차림으로 소파에 누워 배를 긁고 있는 남편, 리조트의 수영장이 아니라 당장 청소해야 하는 욕실이다. 그러니 남이 전시한 행복과 비교해 자신의 일상이 불행하다고 생각하는 것은 '사서 하는 불행'일 뿐이다.

가끔 나는 이 행복이라는 말 자체도 의심스러울 때가 있다. 기쁨의 반대말은 분명 슬픔이다. 하지만 슬픔을 전혀 모르는 기쁨이 과연 기쁨일까. 마찬가지로 불행의 터널을 통과해보지 않은 사람이 어찌 행복을 안다는 말인가. 진정한 행복이란 두터운 슬픔과 불행의 지층 위에서 느낄 수 있지 않을까. 내가 생각하는 행복은 빵에 들어 있는 건포도 같은 모습이다. 건포도를 빼고 났을 때 빵의 대부분을 차지하는 그것은? 특별히 행복하지도 불행하지도 않은 무미건조한 일상이다. 하지만 그 일상이야말로 행복만큼이나 소중하며 다소 심심한 맛일지언정 그 자체만의 맛이 있다고 믿는다. 그러기에 난 건포도 좀 하나 맛봤다고 삶을 다 아는 듯 말하는 사람들을 볼 때, 건포도 하나만 사면 삶 전체가 행복해진다는 광고에 현혹되는 사람들을 볼 때, 짜증과 연민을 동시에 느낀다. 진짜 행복은 남들에게 보이고 싶어 안달 난, 일상과는 유리된 '행복 전시회'에 있지 않다. 오히려 내밀한 상처와 불안까지 모두 적힌 나만의 일기장에 있거나, 나의 고통을 진심으로 걱정해주고 행운을 자기 일처럼 기뻐해주는 '진짜 친구'와의 대화에 있을 것이다.

*
*

혼자만의 고독을
함께하는 고독으로

얼마 전에 서점에 갔는데《어쩐지 근사한 나를 발견하는 51가지 방법》이라는 책이 눈에 띄었다. 솔직히 말하면 책 제목이 아주 별로라고 생각했다. '~하는 ○○가지 방법' 혹은 '~하기 위한 ○○가지 습관' 같은 책 제목이 엄청 유행했던 몇 년 전에도 싫었건만, 심지어 유행도 한참 지나간 이 시점에 무슨 책 제목을 이렇게 지었나 싶었다. 그런데 큰 제목 위에 조그맣게 적힌 부제가 눈에 들어왔고, 그것을 본 나는 즉시 그 책을 들고 훑어보았으며, 어느새 다른 책들과 함께 계산하고 있었다. 부제는 이름하여 '한 번만 따라하면 인생이 즐거워지는 혼자 놀이법'.

이 책을 쓴 공혜진 작가는 혼자 놀기의 달인으로 보인다. 아니, 달인보다는 장인이라는 말이 더 어울리는 듯싶다. 그만큼 이 책에 소개된 혼자 놀이법이 다채롭고 기발하며 아기자기한데, 예를 들면 이런 것들이다. '씨앗 소포 보내기' '나만의 루틴 동작 만들기' '내 인생의 기념일 지정하기' '나만의 단어 만들기' '이국의 노래 외우기' 등등. 무려 51가지 놀이법 각각에 상세한 사진은 물론이요, 요긴한 팁까지 친절하게 소개된 이 책을 구경하자니 귀엽고 사랑스러운 아가씨를 바라보는 느낌이 들어 즐거웠다. 그래서 뭐 하나 따라 해봤냐고? 아니, 그렇게 하지는 않았다. 그냥 문구점에서 특이하고 예쁜 필기구를 구경하는 심정으로 봤던 책이고, 그것으로 충분했다. 모든 책이 반드시 엄청난 통찰을 제시하고 흥미진진한 이야기를 전해줘야 하는 것은 아니지 않은가. 소소한 일상을 담고 있지만 무엇보다 그 표현에 거짓이나 허세가 없어서 좋았다. 작가와 비교하면 내가 너무 메마른 아줌마가 되어버린 것 같아 살짝 서글퍼지기도 했지만.

　51가지 중에 나도 해본 적이 있는 것은 딱 두 가지이다. '하루 한 번 멍 때리기'와 '손편지 쓰기'. 멍 때리기는 하루 한 번 정도가 아니라 수시로 하는 내 취미이자 특기인데, 자세한 이야기는 생략하기로 하고, 여기에서는 손편지에 관해서만 이야기해보려고 한다. 마지막으로 손편지를 쓴 것이 언제였던가 기억이 가물가물하다. 이메일, 문자메시지, SNS 같은 것 말고 육필로 보낸 편지. 포스트잇에 적어 전달하는 간단한 메모 수준의 글 말고 마음에 드는 편지지를 골라 꾹꾹 채워나가며 쓴 편지. 내가 대학을 졸업할 무렵에야 휴대전화와 이메일이 대중적으로도 보편화되었으니, 대학을 다닐 때만 해도 손편지를 쓰는 것은 나에게 그다지 특별한 일이 아니었다. 그 시절, 가족이나 친구에게 직접 얼굴 보고 하기는 쑥스러운 말들을 편지지에 담아 보냈다. 생일을 축하하려고, 힘든 상황을 위로해주고 싶어서, 혹은 위로받고 싶어서, 그냥 생각나고 보고 싶으니까, 이도 저도 아니면 그냥 심심해서 썼다.

쓰다 보니 이 손편지와 가장 궁합이 잘 맞는 짝은 심야 라디오라는 사실도 알게 되었다. 아마 당시 내가 쓴 편지의 9할은 심야 라디오를 들으면서 탄생했을 것이다. 심야 라디오 듣기와 손편지 쓰기는 굉장한 공통점이 있다. 둘 다 '혼자만의 고독을 함께하는 고독으로 바꾸기' 때문이다. 사실 이 말은 라디오 PD이자 작가인 정혜윤이 그녀의 책《마술 라디오》에서 라디오라는 매체의 매력에 관해 이야기하며 쓴 것이다. 대부분 라디오, 특히 심야에 방송되는 라디오는 혼자 듣는다. 그런데도 라디오는 그 어떤 매체보다 그 시간을 함께하는 사람들과의 유대감을 느끼게 한다. 이 유대감은 열광적이고 떠들썩한 일치감과는 거리가 멀다. 그것은 느슨하지만 아늑한 연대의 느낌에 가깝다. 그 느낌 속에서 나는 혼자이지만 누군가와 연결되어 있다는 안도감을 누린다. 손편지도 마찬가지이다. 여러 사람과 웃고 떠드는 분위기 속에 있을 때 휴대전화로 문자메시지는 보낼 수 있겠지만 손편지를 쓰기란 불가능하다. 그것은 혼자 조용히 있을 때 가능하다. 혼자인 나는 편지를 쓰는 내내 수신인에 대해 생각한다. 그 순간 나와 그 사람은 오로지 개인 대 개인으로, '원 오브 뎀one of them'이 아닌 서로에게 '온리 원only one'으로 연결된다. 혼자만의 고독이 함께 하는 고독으로 바뀌는 순간이다.

편지를 보내고 답장을 받을 때까지의 그 사이, 그 간격에는 무언가 멋진 것이 있습니다. 나는 내 속마음을 종이 위에 털어놓는 것, 즉 상대방에게 전달하고자 하는 이야기를 풀어놓는 것이 좋습니다. 그리고 숨을 죽이고 답신을 기다리지 않아도, 수신된 메시지가 있는지 십 분이 멀다하고 상황을 확인하지 않아도, 받은 메일함이나 문자메시지를 확인하지 않아도 되는 상황이 좋습니다. 대신 일단 편지를 써보내고 나면, 나는 내 인생을 계속해서 살아갑니다.
– 니나 상코비치,《혼자 편지 쓰는 시간》

니나 상코비치는 이 책에서 동서고금의 다양한 편지들을 소개한다. 이 책에 등장하는 편지들을 읽다 보면 새삼 이 편지라는 것이 인류가 만들어낸, 참으로 풍부하고 우아한 소통 방식임을 깨닫게 된다. 우리는 이미 소셜 네트워크 시대에 살고 있고, 그 흐름은 이제 돌이킬 수 없다. 그렇지만 우리의 후손들이 손편지를 일상생활 속에서가 아니라 박물관의 유물로나 보게 된다면 너무 안타깝지 않을까. 이 책은 작가의 큰아들이 대학 진학으로 인해 집을 떠나 대학 기숙사로 가게 되면서 탄생했다고 한다. 작가는 자식을 떠나보낸 허전한 마음이 문자메시지나 SNS, 이메일을 통해 전해오는 안부와 용건으로는 채워지지 않음을 느꼈고, 그때부터 편지에 집착하는 자신을 발견하게 된다.

나는 편지를 쓸 때 조심스러워하거나 어떤 제약을 두지 않습니다. 나는 걱정하고, 자랑하고, 나누고, 또 듣는 엄마입니다. 이야기를 하고, 질문을 하면서 나는 듣습니다. 그리고 편지를 쓰면서 머릿속에서 피터의 목소리를 들을 수 있습니다. 나는 원을 그리기 시작하고 그것을 완성해달라고 청합니다. 그 반쯤 완성된 원 안에서 피터와 나는 함께 있습니다. 만약 피터가 내게 답장을 보내오면 원은 완성됩니다. 그러나 피터가 답장을 쓰지 않더라도 그 반원은 그 자리에 있습니다. 아이를 감싸 안은 엄마의 팔과 같은 모습을 한 채로요.

　- 니나 상코비치, 《혼자 편지 쓰는 시간》

얼마 전 한 친구로부터 편지지 네 장에 꽉 채워진 장문의 손편지를 받았다. 그런데 그날, 바쁘고 정신이 없다는 핑계로 나는 그 편지에 대한 답장을 고작 카톡으로 보내는 짓을 저지르고 말았다. 이는 그 편지의 발신인이 내가 그렇게 해도 '엄마의 팔과 같은 모습'으로 나를 봐줄 것이라는 믿음이 있었기에 가능했지만, 어쨌든 미안하고 부끄러운 일이다. 나중에라도 손편지를 써 보내서 이 미안함과 부끄러움을 덜어야겠다. 나머지 반원을 마저 그림으로써 함께 하는 고독의 원을 완성하고 싶으므로.

2부

칭찬은
고래나 춤추게
한다

시선의 감옥에서
탈출하기

　몇 년 전 친정집 소파에서 뒹굴뒹굴하며 텔레비전 채널을 돌리다가 앵커 백지연이 영화감독 박찬욱을 인터뷰하는 장면을 우연히 보게 되었다. 박찬욱 감독의 팬인지라 곧바로 볼륨을 높이고 집중해서 시청했는데, 인상적인 대화 한 토막을 들을 수 있었다. 오고 간 말들을 그대로 옮기는 것은 불가능하고, 내 머릿속에 기억된 내용을 장면으로 구성해보면 아래와 같다.

　백지연(이하 백) : 사람들이 감독님에 대해 거만해 보인다고 말하는 것에 대해서는 어떻게 생각하세요?

　박찬욱(이하 박) : 제가 거만해 보이나요? (웃으며) 왜 그럴까요? 그건 아마도 제가 긴장을 하지 않아서가 아닐까요? 사실 저는 긴장이라는 감정이 정확히 어떤 것인지를 잘 모르거든요.

백 : (놀랍다는 듯이) 정말 부러운 성격이시네요. 어떻게 그러실 수가 있을까 궁금해요.

박 : 글쎄요……. 남 앞에서 긴장한다는 것은 대개 뭔가 잘 보이려는 욕구가 강하고 그것이 잘 안 되면 어쩌나 하는 걱정 때문이 아닐까요? 저는 그런 게 없거든요.

백 : 남한테 잘 보이려고 해서 불안해하는 사람도 있지만, 대부분은 남 앞에서 바보처럼 보이면 어떡하나 하는 것 때문에 힘들어하지요. 그런데 감독님은 정말 자신감이 있으시네요!

박 : 자신감이 있어서라기보다는…… (약간은 어눌한 표정으로 웃으며) 좀 바보처럼 보이면 어떠냐, 하는 거죠.

좀 바보처럼 보이면 어떠냐……. 객관적으로 보면 메시지 자체도, 말하는 태도도 헐렁했다. 정작 이 말을 한 박 감독 본인도 기억하지 못할 확률이 높은, 그냥 편하게 툭 던진 말. 또한, 이 말은 듣는 이로 하여금 삐딱한 마음이 들게 할 소지도 크다. 설령 그가 바보 같은 말과 행동을 한들 그는 이미 천재 감독으로 인정받은 사람. 대체 누가 그를 바보로 보겠는가. 그러나 당시 나는 이 말을 편하게 받아내지도, 삐딱하게 튕겨내지도 못했다. 이 말은 내 마음 가장 깊은 곳, 어쩌면 가장 아픈

곳을 건드렸다.

나의 10대와 20대 시절을 한마디로 정리하자면 '바보처럼 보이지 않기 위한(열등감), 더 나아가 조금이라도 똑똑하게 보이기 위한(허영) 분투'로 요약된다. 도대체 왜 그랬는지 나 자신도 이해가 안 될 만큼 타인의 평가에 예민하게 반응했다. 게다가 이 예민함을 절대 들켜서는 안 된다는 강박까지 있었다. 타인의 시선을 지나치게 신경 쓰는 것은 경멸받아 마땅한 태도라고 생각했기 때문이다. 이 열등감과 허영과 예민함과 강박은 필연적으로 불안을 낳았다. 그러다 보니 겉으로는 짐짓 태연한 척했지만 내면은 항상 긴장 상태였을 수밖에 없었다.

방금 나는 이 내면 상태를 죄다 과거형으로 기술했다. 이는 현재 이런 불안으로부터 완전히 자유롭다는 뜻인가? 안타깝지만, 아니다. 다만 스무 살 무렵보다는 서른 무렵이, 또 서른 무렵보다는 마흔이 된 지금이 훨씬 '덜' 불안한 것만은 분명하다. 어떤 특별한 계기나 비상한 각오가 있었다기보다는 시간이 흐르고 나이를 먹어가면서 자연스레 그리되었다(그런 의미에서 난 스무 살 때보다 지금이 훨씬 편하고 좋다).

나는 나를 타인의 눈으로 바라본다. 특별한 의식적 절차를 거치지 않고 그것을 내 재판관으로 임명해버린다. (중략) 그 순간 이후로는 내적 권위를 상실한, 판단력과 가치를 인정받지 못하는 개인으로 살아간다.

- 페터 비에리,《삶의 격》

어렸을 적부터 나를 지배해왔던 '재판관'들은 누구였을까 생각해본다. 그들 중에는 가족이나 친구들처럼 나를 잘 아는 사람들도 있었지만, 아이러니하게도 더 강력한 힘을 행사한 쪽은 나에게 별다른 관심도 애정도 없는, 나 역시 별로 좋아하지 않는 사람일 때가 많았다. 게다가 이미 포화 상태인 재판관석에 실제로 존재하는 누군가가 아닌, 그저 '세상 사람들은 이러이러할 거야'라고 내 머릿속에서 만들어놓은 관념 덩어리까지 앉혀놓았다. 말하자면 허수아비를 재판관석에 앉혀놓고 자발적으로 피고석에 앉아 눈치를 보고 있었다.

'긴장이라는 감정이 정확히 어떤 것인지 모르는' 박 감독의 경지까지는 감히 바라지 않는다. 다만 지금껏 조금씩 나아졌듯이 10년 후 즈음엔 지금보다 '덜' 불안하기를 바랄 뿐이다. 그러기 위해서 가장 먼저 할 일은 한쪽 발을 아직도 못 빼고 있는 피고석에서 과감하게 빠져나오기, 타인의 시선이라는 감옥에서 탈출하기일 것이다.

*
**
*

칭찬보다
존엄

칭찬받는 것을 싫어하는 사람이 과연 있을까? 오죽하면 '칭찬은 고래도 춤추게 한다'라고 하지 않은가. 앞에서 말했듯이 나는 오랜 시간 타인의 평가에 꽤 예민했으므로 당연히 다른 사람들이 해주는 칭찬을 엄청나게 중요하게 여겼다. 고래가 아닌지라 춤만 추지 않았을 뿐, 칭찬을 들으면 금세 하늘로 붕붕 날아오르는 기분이 되곤 했다. 물론 이는 뒤집어보면 비난에도 취약한 멘탈이었다는 뜻이다. 근거 없는 험담이든 타당한 비판이든 안 좋은 소리를 들으면 곧바로 하늘이 무너지는 느낌이었다.

칭찬은 아이의 행동을 긍정적으로 변화시키는 힘이 있다. 하지만 (중략) 과도하고 지나친 칭찬은 아이에게 자신의 부정적인 모습을 감추고 숨기도록 만들어 불안을 가져온다. 그런 칭찬을 받은 아이는 부모가 원하는 모습만 보여주려고 애를 쓰며, 그 모습이 자신이라고 믿고 살아간다. 일명 '착한 아이 콤플렉스'나 '모범생 콤플렉스'를 경험한다.

    - 김은실, 〈'착한 아이 콤플렉스'는 지나친 칭찬이 만든 아이의 불안〉
    《MOM대로 키워라 vol. 6》 2015년 5월 호)

자식에게 칭찬을 많이 할수록 좋다고 믿는 부모에게 이런 주장은 당황스러울 수 있다. 그렇지만 상식적으로 생각해봐도 자신의 존재 증명을 다른 이의 칭찬을 통해 받으려는 사람의 내면은 불안할 수밖에 없지 않을까. 언제든 그 칭찬은 철회될 수 있으며, 그로 인해 그 사람은 곧바로 별 볼 일 없는 존재로 추락할 수 있다. 그렇기에 지금으로부터 약 2,000여 년 전에 살았던 로마제국의 황제는 전쟁터 막사에서 다음과 같은 글을 썼을 것이다.

아름다운 것은 그 자체가 나름대로의 미를 간직하고 있기 때문에 아름답다. 아름다움은 그 이상을 요구하지 않는다. 그것에 대한 인간의 찬사와 찬미도 아무런 도움이 되지 못한다. 왜냐하면 찬사를 덧붙인다고 해서 더 좋아지거나 나빠지지는 않기 때문이다.

이것은 많은 사람들에 의해 아름답다고 일컬어지는 사물, 즉 천연적인 것이나 인공적인 예술 작품에 대해서도 마찬가지이다. 진실로 아름다운 것은 그 밖의 어떤 것도 요구하지 않는 법이다.

인간에게 필요한 법률이나 진리, 친절과 예의도 마찬가지이다. 이것들 중 어떤 것이 찬사를 받는다고 아름다워지며, 비난을 받는다고 더럽혀지겠는가?

– 마르쿠스 아우렐리우스, 《명상록》

문제는 나를 포함해 대부분의 사람이 (각자 정도의 차이는 있겠지만) 평가의 불안에서 자유롭지 못하다는 점이다. 다만 나는 요즘에는 칭찬을 들어도 예전처럼 마음이 붕 뜨지는 않는다. 그저 칭찬해준 사람의 말 속에 담긴 호의를 고맙게 받는다. 동시에 비난을 들어도 예전보다는 담담하고 건조하게 반응할 수 있게 되었다. 그 비난 속에 내 실수나 미처 내가 생각하지 못한 부분에 대한 지적이 있으면 받아들이려고 노력한다(물론 그렇다고 해서 좋은 기분일 수는 없지만). 혹시나 상대방의 오해가 있다면 일단은 풀어보려고 하지만 풀 수 없다면 굳이 길게 애쓰지 않는다. 나에게 확실한 피해를 주는 중상모략만 아니라면 그냥 넘겨버린다. 나에겐 일종의 마법 주문이라고 할 수 있는 짧은 말을 마음속으로 외우면서. 그 주문은 바로 '그러든지 말든지'이다.

첫인상에서 느낀 것 외에는 모두 무시해 버려라.
어떤 사람이 당신에 대해 나쁜 말을 하고 다닌다는 소리를 들었다고 치자. 그런데 그것은 단순히 전해 들은 말에 불과하다. 그 말로 인해 당신은 어떠한 타격도 받지 않을 것이다.
(중략) 그러므로 항상 최초의 인상만 받아들이고 당신 나름의 생각을 보태지 않는다면, 더 이상 아무런 일도 일어나지 않을 것이다.
- 마르쿠스 아우렐리우스, 《명상록》

다른 사람의 말에 필요 이상으로 속을 끓이는 이유는 무엇일까. 단지 성격이 여리고 소심해서일까? 어쩌면 나도 모르는 사이 그 사람을 과도하게 중요한 존재로 여기고 의미를 부여해서 그런 것은 아닐까? 사실 따지고 보면 나에게 정말 중요한 사람은 그리 많지 않다. 설사 중요한 사람이라 하더라도 나를 제대로 알지도 못하면서 일방적으로 오해하고 비난하는 사람을 마음속으로 존중할 필요는 없다. 여러 어쩔 수 없는 현실적 이유로 존중하는 척이라도 해야 하는 관계라면 속마음 서열에서라도 낮은 곳에 위치시키면 된다. '그러든지 말든지'를 되뇌면서.

'칭찬은 고래도 춤추게 한다'라는 말은 알다시피 원래 어느 자기계발서 제목이다. 이 말이 무슨 속담처럼 대중들에게 순식간에 퍼진 것은 그만큼 칭찬이 강력한 힘을 갖고 있기 때문이다. 사실 처음에는 책 제목을 듣고 그저 칭찬의 효과에 대한 비유적 표현일 것이라 짐작했는데, 내용을 직접 확인해보니 맙소사, 진짜로 고래와 조련사가 등장했다. 그러고 보니 칭찬에 춤을 추는 것은 고래여야지 사람이 춤을 춘다면 좀 그렇지 않을까 싶다. 물론 칭찬을 받으면 기분이 좋고, 다른 사람을 자주 칭찬하는 습관은 분명 미덕이지만 칭찬받기가 목표인 삶이 과연 행복할까. 존엄한 삶은 칭찬을 많이 받는 삶이 아니라 칭찬에 기대지 않아도 행복할 수 있는 삶이라고 생각한다.

비판도 마찬가지이다. 살다 보면 모든 이들로부터 좋은 말만 들을 수 없지 않은가. 존엄한 삶은 어떠한 비판도 받지 않는 삶이 아니라, 정당한 비판과 그렇지 못한 것을 구분할 줄 아는 분별력, 다른 이의 부당한 비난과 모멸에 쉽게 무너지지 않는 마음의 근육을 지닌 채 살아가는 모습일 것이다. 칭찬이든 비판이든 평가의 불안에서 해방된 삶 말이다.

**
*

질투의 고통,
질투의 힘

샤덴프로이데schadenfreude라는 단어가 있다. '남의 불행이나
고통을 보면서 느끼는 기쁨'을 의미하는 이 독일어 단어는 영
어, 프랑스어, 스페인어 등등 여러 언어의 사전에도 당당하게
등재되어 있다고 한다. 신동열 한국경제신문 연구위원은 이 단
어를 해설하며 아래의 이야기를 인용한다.

러시아에서 전해오는 옛날이야기는 이런 인간의 심리를 잘
묘사한다. 우연히 마술램프를 발견한 농부가 램프를 문지르자
요정이 나타나 소원을 말하라고 한다. 농부는 "이웃집에 젖소가
한 마리 생겼는데 가족이 다 먹고도 남을 만큼 우유를 얻었고

결국 부자가 되었다"고 말한다. 그러자 요정이 "그럼 이웃집처럼 젖소를 한 마리 구해드릴까요? 아니면 두 마리라도?" 하고 묻는다. 농부가 대답한다. "아니, 이웃집 젖소를 죽여주면 좋겠어."

　　– 신동열, 〈오버도그 vs 언더도그… 선악 가르는 기준은 아니죠!〉
　　《한국경제》2012년 4월 20일)

인간의 본성을 풍자한 이야기가 대체로 그렇듯이 웃기면서도 마냥 웃을 수만은 없다. 사실 나는 이 단어의 존재를 처음 알게 되었을 때 마음이 조금 복잡했다. 인간의 엄연한 본성 자체를 부정하지는 않지만 그렇다고 이것을 이토록 노골적으로 드러내는 단어를 만들다니! 우리말에도 '사촌이 땅을 사면 배가 아프다'라는 유명한 속담이 있지만 따지고 보면 이 둘은 좀 다르다. 다른 이의 행운이나 성취를 부러워하고 시샘하는 것, 즉 우리가 흔히 질투라고 부르는 감정은 어느 정도 인간적이라고 이해해줄 수 있다. 하지만 남의 불운이나 고통을 보고 좋아하는 것은 비도덕적인 정도를 넘어 악마적으로까지 느껴지지 않는가.

그럼에도 이 두 감정은 서로 단단하게 밀착되어 있다. 질투가 없다면 샤덴프로이데도 없을 것이다. 한마디로 질투는 샤덴프로이데의 가장 근원적인 바탕이자 가장 강력한 동력이다. 그러고 보면 인간적인 정념과 악마적인 심성 사이의 경계는 생각보다 가늘고 희미해 보이기도 하다.

지금껏 살면서 내가 가장 격렬한 질투를 느꼈던 대상은 대학 같은 과 동기였던 S였다. 당시 같은 과 동기 중에는 재벌가의 막내딸도 있었고 웬만한 여배우 뺨치게 생긴 미인도 있었지만, 그들이 부러웠던 기억은 없다. 정확히 말하면 그들은 나에게 관심 대상이 아니었다. 그런데 S는 신입생 오리엔테이션 때부터 내 마음을 잡아끌었다. 입학 직전 학과에서 1박 2일로 간 오리엔테이션에서 S는 나와 같은 조였는데, 조원들끼리 함께 써서 돌린 롤링 페이퍼에 그녀가 쓴 글이 내 시선을 멈추게 했다. 비록 몇 명에게 적어준 짤막한 코멘트들이었지만 난 그녀가 글을 아주 잘 쓴다는 것을 직감적으로 알 수 있었다. 그 순간 그녀에게 관심이 생겼고, 그녀와 친해지고 싶었으며, 실제로 친해졌다. 남들이 보기에 그녀는 나의 절친한 친구였다.

그녀는 학과 공부나 사람들에게는 그다지 관심도, 흥미도 보이지 않은 채 동아리 활동에 집중했으므로 학점은 형편없었고 과에서도 살짝 겉돌고 있었다. 전공 수업도 툭하면 빼먹는지라 어쩌다 보니 나는 그녀가 시험이라도 빼먹지 않고 볼 수 있게 챙겨주는 역할을 담당하고 있었다. 그러다가 2학년 2학기에 소설 창작 강의를 함께 수강하게 되었다. 첫 강의 때 담당 교수님은 약 두 달 후의 날짜를 일러주며 이날 오후 두 시까지 단편소설 하나를 써서 자신의 연구실로 가져와야 한다고 말했다.

시간을 넘겨서는 절대 받지 않겠으며, 이때까지 제출을 못 한 사람은 무조건 F라고 경고했다.

두 달 후, 하도 많이 반복해서 읽어보고 고쳐서 거의 외울 지경이 된 원고를 가지고 등교를 하는데 교문 앞에서 S를 만났다. 원고를 다 썼느냐고 물었더니 그녀는 화들짝 놀라며 오늘이 마감이냐고 되물었다. 그러더니 지금이라도 도서관 가서 써야겠다고 말하며 뛰어가지 않겠는가. 시계를 보니 이미 오전 열 시를 넘긴 시각. 그녀가 아무리 글을 잘 쓴다 한들 200자 원고지 90매가량의 단편소설을 무슨 재주로 네 시간 안에 쓴다는 말인가. 제출 자체도 불가능하지만, 어찌어찌 제출한다 하더라도 교수님께 엄청나게 깨질 듯해 걱정이 되면서 며칠 전에라도 잊지 않게 재차 알려줬어야 했나 싶어 괜히 미안했다.

나의 이런 걱정과 미안함이 얼마나 주제넘었는지를 알게 된 것은 불과 며칠 후였다. 원고 마감 후 첫 강의 시간, 교수님은 원고들을 다 읽어봤는데 읽을 만한 작품은 딱 하나밖에 없었다며 수강생 수대로 복사한 원고 한 뭉치를 나눠주었다. 워드 작업도 되어 있지 않고 글씨도 개판이라 언뜻 보기에도 매우 지저분해 보이는 원고는 바로 S의 필체로 작성된 육필 원고였다. 교수님은 이런 상태로 과제를 제출한 S를 가볍게 책망한 후, 그녀의 작품이 어떤 점에서 독특하고 흥미로운지를 강의 시간 내내 신나게 이야기하셨다. 그러고는 S를 제외한 나머지 수강생들에겐 간략한 피드백을 적은 원고를 돌려주면서 수정해서 다시 제출하라고 하셨다. 두 달을 넘게 공들인 내 원고의 끝에 적혀 있던 코멘트가 20년이 지난 지금도 생생하게 기억난다. "문장은 정확하고 군더더기가 없으나 캐릭터들이 전반적으로 매력이 없음. 그러다 보니 못 쓴 글이 아님에도 읽는 재미가 떨어짐." 한마디로 뭘 어떻게 고치라는 것이 아니라 다시 쓰라는 말이었다.

그날 밤 나는 잠을 제대로 자지 못했다. 머리가 무겁고 등이 뜨거워 도저히 누워 있을 수 없었기 때문이었다. S에 대한 질투는 그녀에 대한 분노와 미움이 되었고, 스스로에 대한 열등감은 왠지 모를 억울함을 파생시키면서 자괴감과 죄책감까지 보너스로 따라왔다. 이런저런 복잡한 감정이 내 안에서 눈덩이처럼 마구 뭉쳐져 점점 크게 굴려졌다. 이미 평정심이나 이성은 개나 줘버린 상태로, 나는 S의 재능을 미친 듯이 질투했다. 아니, 재능에 대한 질투만으로는 성에 차지 않았다. 나는 어느새 그녀의 어머니가 영문학과 교수라는 사실을 떠올렸고, 나와는 비교 자체가 불가능할 정도로 대단한 수준의 문화 자본을 누리며 성장했을 것이라고 짐작하고 있었다. 그러고 있자니 평범하지만 비교적 안온했던 내 성장 환경은 '평범 이하'의 비루한 수준으로 격하되고, 성실하고 선량하며 자식들에게 헌신적이었던 내 부모는 초라하기 짝이 없는 존재가 되어버렸다. 영화 〈아마데우스〉에서 모차르트를 바라보던 살리에리의 눈빛이 왜 그리 섬뜩했는지 충분히 이해가 되면서, 그녀가 낮은 학점으로 학사 경고라도 당해야 조금이나마 내 속이 풀릴 듯했다. 물론 이런 나 자신에 대한 혐오와 부끄러움 또한 내 몫이었다. 즉 갑자기 불행해져 지옥에 떨어진 기분이었다.

걱정 다음으로 불행의 유력한 원인이 되는 것은 아마 질투일 것이다. 질투는 인간의 감정 가운데서 아주 보편적이고 뿌리 깊은 걱정이다. (중략)

질투는 평범한 인간 본성이 가진 여러 가지 특징 중에서 가장 불행한 것이다. 질투가 강한 사람은 다른 사람에게 불행을 안기고 싶어하고, 또 처벌을 받지 않고 그렇게 할 수 있을 때는 반드시 행동으로 옮긴다. 그리고 질투하는 자신 역시 불행하게 된다. 그는 자신이 가지고 있는 것에서 즐거움을 얻는 대신, 다른 사람이 가지고 있는 것을 보면서 괴로워한다.

- 버트런드 러셀, 《행복의 정복》

러셀은 이 책에서 질투를 '도덕적으로나 지적으로나 일종의 나쁜 버릇'이라고 규정하며, "질투는 사물을 있는 그대로 보지 않고 사물 사이의 관계를 통해 보려는 데서 생긴다"라고 일갈한다. 그러면서 해결책으로 "정신 수양을 통해 쓸데없는 생각을 하지 않도록 버릇을 들이라"라고 제시하는데, 좀 맥이 빠진다. 정신 수양이 말처럼 쉬우면 얼마나 좋겠는가. 그게 잘 안되니 힘들지.

그런데 과연 질투가 불행의 원인이기만 할까? 20년 전 그날밤, 분명 나는 질투로 인해 고통스러웠다. 그렇지만 다행스럽게도 그 질투의 최종 도착점이 고통과 불행은 아니었다. 그날이후 내가 더욱 책 읽기에 몰두할 수 있었던 동력에는 질투가섞여 있었고, 책 읽기를 통해 나는 열등감과 자괴감을 (완전히는 아니라도 상당 부분) 극복할 힘을 얻을 수 있었다. 한마디로 '질투는 나의 힘★'이기도 했다. 질투의 이러한 양면적 속성에대해 러셀은 이렇게 말한다.

질투는 깜깜한 밤길을 걸어가고 있는 사람들이 겪고 있는 영웅적 고통의 표현이다. 그 길은 어쩌면 더 나은 보금자리에 이르는 길이 될 수도 있고, 죽음과 멸망에 이르는 길이 될 수도 있다. 이러한 절망에서 벗어나 올바른 길을 찾아내기 위해서, 문명인은 지성을 확대했던 것처럼 감정 또한 확대해야 한다. 문명인은 자기를 뛰어넘는 법을 배워야 하고, 그렇게 함으로써 우주를자유롭게 이용할 수 있는 특권을 손에 넣는 법을 배워야 한다.
  - 버트런드 러셀,《행복의 정복》

지금의 내가 과연 '자기를 뛰어넘는 법을 배운 문명인'인지에 대해서는 자신이 없다. '올바른 길'을 찾고 '더 나은 보금자리'에 들어와 있는지도 확실하지 않다. '우주를 자유롭게 이용할 수 있는 특권'은 언감생심이다. 하지만 적어도 경험에 비추어 이것만은 자신 있게 말할 수 있다. 질투가 고통이 아닌 힘이 되게 하려면 반드시 시선을 타인이 아닌 나 자신의 내면으로 돌려야 한다는 것. 걸핏하면 타인을 흘끔거리는 버릇, 타인과 비교하려는 욕망을 멈추고, 그 시간과 에너지를 자신의 내면을 들여다보는 데 써야 한다는 것. 그 내면을 아주 오랫동안 정직하게 바라봐야 한다는 것.

★ 기형도의 유고시집《입 속의 검은 잎》(문학과지성사, 1991)에 수록된 시 제목이자 박찬욱 감독이 2003년에 발표한 영화 제목

사랑의 반대는
자랑이라

어렸을 적부터 매우 궁금하기는 한데 해답을 구하기는 모호한 질문이 하나 있었다. '사랑은 언제나 오래 참고~'라는, 노래로도 만들어져서 유명한 성경의 한 구절에 대한 것이었다.

사랑은 오래 참습니다. / 사랑은 친절합니다. / 사랑은 시기하지 않습니다. / 사랑은 자랑하지 않습니다. / 사랑은 교만하지 않습니다. / 사랑은 무례하지 않습니다. / 사랑은 사욕을 품지 않습니다. / 사랑은 성을 내지 않습니다. / 사랑은 앙심을 품지 않습니다. / 사랑은 불의를 보고 기뻐하지 아니하고 / 진리를 보고 기뻐합니다. / 사랑은 모든 것을 덮어 주고 / 모든 것을 믿고 / 모든 것을 바라고 / 모든 것을 견디어 냅니다.

- 공동번역 신약성서 개정판, 고린토인들에게 보낸 첫째 편지 13장 4절~7절

　다른 구절은 그런대로 이해가 되었다. 그런데 네 번째 구절, '사랑은 자랑하지 않습니다'가 이상했다. 저 논리대로라면 자랑이 시기, 교만, 무례, 사욕, 분노, 앙심, 불의 등등의 무시무시한 것들과 같은 수준의 악덕이라는 말인가? 나를 포함해 내 친구들, 내 부모님을 비롯한 주변 어른들 모두가 자랑을 일상적으로 하고 있는데? 궁금한 나머지 용기를 내서 몇몇 선생님과 어른들한테 여쭤봤는데, '별것이 다 궁금하다'라는 반응이거나, 나로서는 만족하기 어려운 대답을 들었을 뿐이었다. 이를테면 이런 대답이었다. '자랑은 곧 잘난 척이지 않느냐, 잘난 척은 겸손하지 못한 것으로, 사람은 반드시 겸손해야 한다.' 이런 대답을 듣고 나서는 의문이 해결되기는커녕 오히려 증폭되었다. 그러면 '사랑은 겸손합니다'라고 하면 될 일이다. 게다가 이건 바로 뒤에 나오는 '사랑은 교만하지 않습니다'와 의미상 중복되지 않은가. 그런데 얼마 전 구독하고 있는 신문을 펼쳤는데, 세상에! 나랑 똑같은 궁금증을 가지고 있는 사람이 있었다. 2015년 4월 5일 자 《경향신문》에 실린 소설가 김형경의 칼럼 〈사랑은 자랑하지 아니하고〉의 일부를 옮겨본다.

성장기에 내 뒤통수에 매달려 있었던 구절은 "사랑은 자랑하지 아니하고…"였다. 어린 시절에는 누구나 그렇듯 상장을 자랑하고, 진기한 학용품을 자랑하고, 저마다 가지고 있다고 생각되는 재능을 자랑하도록 독려받았다. 그런 일이 있을 때마다 "사랑은 자랑하지 아니하고"라는 구절이 떠오르면서 뒤통수가 땅겼다.

자랑하지 않는 것과 사랑하는 것 사이의 관계를 이해한 것은 인간 심리를 공부한 이후였다. 한 사람이 내보이는 자랑질은 다른 모든 사람에게 결핍감을 선사하고, 결핍감은 즉각 그들 내면에 억압되어 있는 시기심을 촉발시킨다는 것을 알게 되었다. 자랑, 박탈감, 시기심, 분노, 공격으로 이어지는 메커니즘이 얼마나 빈틈없이 작동하는지 일상에서 목격할 때마다 놀라웠다. 신데렐라를 구박하는 이복 언니들만 나쁘다고 할 수가 없었다. 아름다움과 선함, 행운을 독차지한 이를 만나면 누구나 신데렐라의 언니가 될 만했다. 자본주의 시장은 자랑하기와 시기하기를 마케팅 전략으로 사용하기까지 했다.

- 김형경 〈사랑은 자랑하지 아니하고〉(《경향신문》 2015년 4월 5일)

이 글을 읽고는 어린 시절의 기억들이 떠오르면서, 어쩌면 나는 저렇게 명료한 언어로 설명할 능력이 없었을 뿐, '자랑질의 메커니즘'이 어떤 것인지는 이미 체험으로 알고 있었다는 생각이 들었다.

내가 보기에 나의 할머니는 '자랑질의 아이콘'이었다. '나는 생각한다. 고로 존재한다'라는 명제에서 '생각'을 '자랑'으로 바꾸면 딱 할머니 정체성의 요약이라는 생각이 들 만큼 할머니는 자랑하지 않고는 하루도 살 수 없는 사람처럼 보였다. 물론 할머니뿐 아니라 나를 포함해 아이든 어른이든, 주변의 평범한 사람이든 텔레비전에 나오는 유명한 사람이든, 누구나 자기 자랑을 하고 있었다. 다만 문제는 할머니의 자랑이 수위와 빈도 면에서 타의 추종을 불허할 만큼 노골적이고 강력했다는 점에 있었다. 그렇다고 할머니의 자랑 재료가 대단했느냐 하면 그것도 아니었다. 시골 사는 노인에게 애초부터 그런 것이 있을 리가 없었다. 할머니 자랑의 단골 소재는 매우 소박하게도 바로 나, 정확히 말하면 나의 학교 성적이었다(써놓고 보니 이 또한 은근히 재수 없는 자랑질이다).

아주 어렸을 적에는 할머니의 자랑에 그저 신났던 것 같다. 그런데 어느 순간부터는 지겨워지더니 점점 끔찍해지기 시작했다. 상대의 상황이나 기분 따위는 전혀 고려하지 않고 해대는 할머니의 자랑질에 대한 사람들의 반격이 시작되었기 때문이다. 차마 노인 양반을 직접 공격할 수는 없으니 그들은 화제의 대상인 나를 깎아내리는 방식을 택했다. '듣자 하니 애가 그정도로 엄청나게 똑똑한 것은 아니라고 하더구먼!' '지금 공부

좀 잘한다고 그래 봤자 계집앤데 뭐 얼마나 대단하게 되겠어?'
할머니는 이런 반격을 전혀 거르지 않고 그대로 나에게 전달
했다. 그 말을 들으며 나의 미움과 분노는 세 방향으로 흘러갔
다. 첫 번째는 그런 말을 한 사람들, 두 번째는 그런 말을 나에
게 전달하고 있는 할머니, 마지막은 이따위 말들에 분노해서
어쩔 줄 모르는 나 자신. 다분히 유아적 욕망에서 시작한 자랑
이 다른 사람에 대한 미움과 자신에 대한 혐오로까지 이어졌다.

　물론 이런 말을 하는 지금의 나도 온갖 자랑질의 유혹에서
자유롭지는 않다. 게다가 지금이 어떤 시대인가. 그나마 할머
니는 주변에 아무도 없으면 자랑하는 것 자체가 불가능했지만,
이제는 SNS가 있다! 할머니는 귀여운 수준일 정도로 심한 자
랑쟁이들이 자신의 외모와 일상을 최대한 예쁘게 연출해서 여
러 사람에게 내보이느라 정신없는 그 현장 말이다.

　모두 알다시피 저 성경 구절을 토대로 만든 노래의 마지막은
이렇게 끝난다. '믿음과 소망과 사랑 중에 그중에 제일은 사랑
이라.' 여기에 이런 추신을 붙이면 어떨까. '사랑의 반대는 자
랑이라.'

　자랑이 단순히 겸손하지 못함을 넘어, 때로는 사랑의 반대말
이 될 수도 있다는 무서운 진실 앞에서 나는 조심하려고 한다.
아무리 포장하고 변명해도 자랑이란 본질적으로 타인을 목적
이 아닌 수단(나의 자랑에 감탄하고 축하하고 부러워해야 마땅한

대상)으로 삼는 지점에서 출발하는 행위라는 점을 잊지 않으려
고 한다. 그리하여 다른 이에게 뭔가를 내보이고 싶은 욕망의
에너지를 최대한 비축해 나의 내면을 돌보는 데 쓰고자 한다.

*
**
***

그거 다 네가 좋아서
한 거잖아

김수현 작가의 〈내 남자의 여자〉라는 드라마가 있다. 김희애, 배종옥, 김상중, 하유미 씨 등이 열연을 했던 작품으로 방영된 지 오래된 드라마이지만 방영 당시 숱한 화제를 뿌리며 시청률 40퍼센트의 위업을 달성했기 때문에 기억하는 사람이 꽤 있을 것이다. 사실 나는 김수현 작가의 작품을 그다지 좋아하는 편은 아니다. 일흔 살 노인부터 일곱 살 꼬맹이까지 모든 등장인물이 달변의 극점을 달리며 속사포처럼 쏟아내는 '김수현표 대사'를 듣고 있노라면, 어떤 때는 멀미가 나는 것 같다. 그런데도 〈내 남자의 여자〉는 꽤 재미있게 봤다. 이 드라마는 제목에서부터 암시하듯이 '불륜'을 소재로 하고 있으며, 헌신적인 아내 지수(배종옥)와 그녀의 남편 준표(김상중), 지수의 친구이자 준표의 정부情婦인 화영(김희애)이 핵심 인물로 등장한다.

소재가 그런 만큼 이 드라마는 '쎈' 장면과 대사들이 많다. 특히나 지수의 언니로 등장한 은수(하유미)의 대활약은 방영 당시 그녀를 '국민 언니'의 반열에 올려놓으며 이 땅의 수많은 본처(?)들에게 엄청난 카타르시스를 선사했다(궁금한 이들은 유튜브에서 '하유미 분노의 마트씬'을 검색해서 보시라. 그녀는 불륜 남녀를 직접 응징한다!).

그런데 나에게 이 드라마에서 가장 기억에 남는 장면을 하나 꼽아보라고 한다면 지수와 지수의 아버지가 나누는 대화 한 토막이다. 오랜 시간 남편을 위해 희생하고서도 도저히 참기 힘든 배신을 당한 지수는 아버지에게 '내가 저한테 어떻게 했는데!'로 요약될 수 있는 한탄과 분노를 아주 구체적으로 토로한다. 드라마건 현실이건 보통 이런 상황에서 친정아버지라면 사위를 향해 '이 쳐 죽일 놈!'이라고 요약되는 분노를 함께 질러줘야 마땅하다. 그런데 아버지는 딸의 말이 끝날 때까지 조용히 듣고만 있다가 담담한 말투로 이렇게 대답한다.

"그거 다 네가 좋아서 한 거잖아."

예상하지 못한 대답에 딸은 멍한 표정으로 아버지를 바라볼 뿐 아무 대꾸도 하지 못한다. 워낙 캐릭터나 상황 설정 자체가 자극적인 드라마다 보니 이 대화는 그다지 주목받지 못한 것 같지만, 나에게는 이 대화야말로 작가가 드라마를 통해 시청자들에게 전하고 싶은 핵심 메시지처럼 다가왔다.

과연 '나를 위한 삶'이란 뭘까. 언뜻 '이기적인 삶'을 떠올릴 수 있다. 자신의 유리한 것과 불리한 것을 재빠르게 계산해 모든 선택과 판단의 기준을 오로지 자신과 자기 가족의 이익으로 삼는 삶 말이다. 그런데 다른 층위에서 생각해보면 진정 나를 위한 삶이란 '주체적인 삶'이 아닐까 싶다. 자신이 독립적이고 개별적인 존재임을 인식하고, 자신의 진정한 욕망과 생각이 무엇인지 정직하게 들여다보려고 노력하며, 자신의 존재 증명을 다른 사람(남편이나 자식)을 통해 이루려고 하지 않는 삶. 이 두 가지를 가지고 다소 거칠기는 하지만 아래 네 가지의 조합을 만들어보았다.

1. 비주체적이고 이기적인 삶
2. 비주체적이고 이타적인 삶
3. 주체적이고 이기적인 삶
4. 주체적이고 이타적인 삶

1번은 자신이 어떤 사람인지 알지 못하고 알아보려는 노력도 없이 철저히 남의 시선이나 세속적 기준에 갇혀 살면서도 자기의 이익을 위해서라면 수단 방법을 가리지 않는 삶이다. 최악이라고 할 수 있겠다.

4번은 대표적으로 마더 테레사 같은 성인들의 삶, 혹은 성인까지는 아니더라도 자신의 욕망과 의지로 봉사와 기부를 생활화하는 삶이다. 다른 사람을 위해 희생하면서도 그것이 자아실현의 지극한 기쁨으로 연결되는 삶. 최선이라고 할 수 있겠다.

애매한 건 2번과 3번이다. 둘 중 무엇이 차선次善이고, 무엇이 차악次惡인가. 여기에 명쾌하게 답을 하기는 어려워 보인다. 다만 분명한 것은 지수는 오랜 시간 전형적인 2번의 삶을 살았다는 사실이다. 그런데 지수의 비주체적인 이타성은 어딘가 좀 아슬아슬하고 불안한 면이 있다. 마치 언뜻 보기에는 그럴듯해 보이지만 어떤 예상치 못한 자극을 만나면 순식간에 무너져 내리는 모래성 같다. 예를 들어 자신은 비주체적이면서도 자식에게는 이타적인 부모는 자식을 자신의 한풀이 대상이나 노후 보험 정도로 여기기 쉽다. 비주체적이면서 친구에게 이타적인 사람은 친구가 조금이라도 서운하게 하는 것을 참기 힘들어하며 수시로 배신감을 느낀다(내가 너한테 어떻게 했는데 네가 나한테 이럴 수 있어!). 지수는 안타깝게도 자신이 어떤 사람인지 생각해볼 기회를 얻지 못했다. 그저 좋은 며느리, 아내, 엄마라는 주변의 찬사에 안도했다. 뼈 빠지게 뒷바라지해 남편을 교수로 만들고, 거기에서 자신의 존재를 증명받으려고 했다.

주체성은 이타성의 반대가 아니다. 층위가 아예 다른 개념이다. 어찌 보면 주체성이야말로 '건강한 이타성'의 전제 조건이 아닐까 싶다. 자신의 독립성을 확립하기 위해 진심으로 노력해 본 사람은 다른 사람의 독립성 또한 존중하게 된다. 자신을 수단이 아닌 목적으로 인식하는 사람은 타인도 그렇게 여길 수 있게 된다. 주체적인 사람은 자신의 욕망을 대신 이루기 위한 대상으로 타인을 이용하려고 하지 않으며, 타인에 대한 그악스러운 탐욕이 결국은 자신의 고귀함을 해치는 것임을 안다. 따라서 3번 유형은 두 가지의 조합을 통해 이론적으로는 상상할 수는 있으나 실제에서는 찾아보기 어렵다.

흥미로운 것은 사람들이 자신의 비주체성은 잘 자각하지 못하지만 상대의 비주체성만큼은 본능적으로 기가 막히게 감지한다는 사실이다. 아무리 상대가 깐깐해 보이더라도 본질적으로는 비주체적인 인간이라고 보이는 순간, 그는 만만한 대상이 된다. 반대로 상대가 친절해 보이더라도 본질적으로는 주체적인 인간이라고 생각하게 되면 그를 함부로 대하지 않는다.

주체적인 삶은 다른 말로 하면 자신의 존엄성을 지키며 사는 삶이라고 할 수 있다. 독일의 철학자이자 소설가인 페터 비에리는 《삶의 격》이라는 저서에서 한 인간의 존엄성을 "주체로서의 자립성과 자신의 삶을 스스로 결정할 수 있는 능력"으로 정의한다. 그러면서 그런 능력을 찾아내려면 다음과 같은 세

가지 물음에 대한 답변부터 찾아내야 한다고 역설한다.

1. 남이 나를 어떻게 대하는가?
2. 나는 남을 어떻게 대하는가?
3. 나는 나에게 어떻게 대하는가?

지수는 분명 시부모에겐 헌신적인 며느리였고, 남편에겐 더할 나위 없이 완벽한 아내였으며, 아들에게는 따뜻하고 좋은 엄마였고, 친절하고 의리 있는 친구이기까지 했다. 한마디로 그녀는 '착한 여자'였다. 그렇지만 그녀는 그 며느리, 아내, 엄마, 친구의 역할을 수행하느라 주체적이고 독립적인 개인으로서의 자신을 돌보지 못했다. 정확히 말하면 그런 것에는 관심도 없었다. 남편의 외도를 알기 전까지는 스위트홈의 안주인 역할에 안주했다. 그 역할 안에서 그녀는 친정아버지 말마따나 '다 그녀 자신이 좋아서' 남편과 시댁에 희생했다. 그러다 보니 그녀는 저 세 가지 물음, 다른 사람이 나를 어떻게 대하는지, 다른 사람을 생각하고 대하는 건강한 방식이 무엇인지, 무엇보다 스스로를 어떻게 인식해야 하는지 고민할 기회를 얻지 못했다. 남편의 외도(그것도 자신과 가장 친한 친구와의 외도)라는, 씻기 힘든 상처와 시련을 통해 그녀는 비로소 자신의 존엄성에 대해 숙고하게 된다. 그 기회를 통해 그녀는 비련의 이혼녀가 아니라 존엄한 개인이라는 제2의 인생 여정을 시작한다. 이런 의미에서 불륜은 어디까지나 표면적 소재일 뿐, 작가가 이 드라마를 통해 시청자들에게 궁극적으로 던지고 싶었던 질문은 '과연 어떤 삶이 독립적이고 주체적인가'가 아니었을까.

*
**
*

참견,
가장 부도덕한 쾌락

　바람은 제법 부는데 햇볕은 따가운 9월의 어느 날 오후, 9개월 된 아기를 유모차에 태우고 아파트 단지를 산책하고 있었다. 잠깐 벤치에 앉아서 쉬고 있는데, 할머니 한 분이 지나가시면서 이렇게 바람이 부는데 아기를 너무 얇게 입혔다, 덮고 있는 것도 너무 얇다며 나에게 막 뭐라고 하시지 않겠는가. 난 웃으며 "그런가요?"라고 대답하고는 가만히 있었다. 그런데 약 5분 후에 다른 할머니 한 분이 지나가시면서 이렇게 말씀하셨다.

　"이렇게 햇살이 강한데 무슨 긴팔을 입히고 이불까지 덮어 줬어. 아기 땀나는 거 봐요."

　이번에도 난 웃으며 "그런가요?"라고 대답하고는 가만있었다.

아기를 데리고 다니다 보면 이런 종류의 일에 익숙해져야 한다. 그때마다 신경 쓰고 하라는 대로 다 하다 보면 아기 옷을 입혔다 벗겼다, 이불을 덮었다 걷었다 하는 짓을 반복해야 할 수도 있다. 내 컨디션이 매우 안 좋을 때는 이런 일도 짜증이 날 수 있겠지만 그렇지 않다면 뭐 이 정도는 얼마든지 참을 수 있다. 그 할머니들이 왜 그런 말을 하실 수밖에 없는지를 알고 있기 때문이다. 한마디로 그분들은 심심하신 것이다! 아기를 키워본 여자들은 유모차에서 방싯거리며 자신을 쳐다보는 아기를 그냥 지나치기는 힘들다(이는 나도 마찬가지다). 방금 처음 본 아기라도 '아이고 예쁘다' 정도에서 끝내기에 아쉬워서 뭔가 한마디를 더 하고 싶어진다. 말하는 사람은 적절한 '조언'이라 믿지만 듣는 사람은 그저 '참견'으로 받아들여지는 그런 말을.

어떤 상대에게 정말 필요한 조언을 하는 것은 사실 매우 힘들고 마땅히 힘들어야 하는 일이다. 상대에 대한 진지하고도 사려 깊은 관심, 상대가 더 나은 선택을 하는 데 도움을 주고 싶다는 진실하면서도 뜨거운 바람이 있어야 하기 때문이다. 참견은 다르다. 참견은 그저 하는 사람만 즐거울 뿐이다. 듣는 사람의 기분 따위는 신경 쓸 바가 아니다. 아기를 덥게 입혔네, 춥게 입혔네, 정도의 참견이야 그냥 넘어갈 수 있는 수준이지만 문제는 이 세상엔 지각없고 무례한 참견쟁이들이 꽤 많다는 사실이다. 오지랖이 태평양만 한 그들은 참견의 즐거움을 도저히 포기하지 못한다.

《금각사》와 《우국》 등을 쓴 일본 작가 미시마 유키오의 《부도덕 교육 강좌》라는 책이 있다. 이 책은 그가 1960년대에 일본의 한 여성지에 연재한 글을 묶은 것인데, 50년 전의 글이라고는 믿기 힘들 만큼 지금 읽어도 신선한 맛이 있다. 일단 이 책에 실린 글들의 소제목부터가 범상치 않다. 책 제목 그대로 부도덕한 일들을 줄줄이 열거하며 마음껏 하라고 부추기는데, '거짓말을 많이 하라' '남에게 폐를 끼치고 죽어라' '친구를 배신하라' '약자를 괴롭혀라' '약속을 지키지 마라' 등등 도저히 도덕적으로나 상식적으로 받아들이기 힘든 말들을 당당하게 한다. 물론 이는 작가가 구사하는 반어적 표현이다. 그는 온갖 부도덕을 찬양하고 권장하는 척하면서 사회에 만연한 위선과 부조리를 유머러스하면서도 날카롭게 조롱한다. 종종 어디까지가 농담이고 어디서부터가 진심인지 헷갈리게 만드는 부분도 있지만 이 또한 작가의 의도라고 생각된다. 읽다 보면 피식피식 웃음이 나면서도 불편한 진실에 가슴이 서늘해지기도 하는데, 예를 들면 '남의 불행을 기뻐하라'라는 글에서 그는 라로슈푸코의 말을 인용한다.

"우리는 모두 타인의 불행을 아무렇지 않게 바라볼 수 있을 만큼 강하다."

이 책에서 내가 가장 재미있게 읽은 부분은 〈마음껏 참견하라〉라는 제목의 글이다. 작가는 신혼 시절 자신의 아내가 모르는 사람으로부터 어떤 편지를 받았다고 하면서, 그 편지의 내용을 소개하는 것으로 글을 시작한다. 자신을 평범한 가정주부로 소개한 편지의 발신인은 먼저 결혼을 진심으로 축하한다면서, 어쩌다가 부인처럼 나무랄 데 없는 여성이 평판도 좋지 않고 부도덕한 글을 쓰는 남자(안타깝게도 이 사람은 작가가 쓴 내용을 글자 그대로 받아들였나 보다)와 결혼했느냐며, '대단한 실례인 줄은 알지만' '부인이 너무 가여워' '남의 일 같지가 않아 쓸데없는 참견이란 것을 알면서도' '저도 모르게 그만' 이런 편지를 보내게 되었다고 말한다. 작가는 '너무나도 훈훈한 우정의 편지'였다고 말하며 이렇게 비꼰다.

이런 사람들의 인생은 장밋빛이다. 왜냐하면 이들의 눈에는 자기 얼굴은 안 보이고 남의 얼굴만 보이는데, 이것이야말로 인생을 행복하게 살 수 있는 비결이기 때문이다.

(중략)

상대방에겐 아무 도움도 안 되는 쓸데없는 충고일지라도, 참견에는 한 가지 장점이 있다. '남이 싫어하는 짓을 함으로써 스스로 즐길 수 있다'는 것이고, 더구나 정의감이라는 이름으로 참견을 안전하게 행사할 수 있다는 점이다. 남이 싫어하는 짓만

하고 자기는 조금도 상처받지 않는 사람의 인생은 영원히 장밋빛이다. 왜냐하면 참견이나 충고는 가장 부도덕한 쾌락 중 하나이기 때문이다.

- 미시마 유키오, 《부도덕 교육 강좌》

참견이 '가장 부도덕한 쾌락'이라는 주장은 너무 나간 면이 있지만 어느 정도의 진실이 들어 있기도 하다. 흔히 참견의 반대편에 무관심이 있는 듯하지만 이는 절반은 맞고 절반은 틀린 말이다. 상대에 대한 진정한 관심은 참견이 아닌 배려와 경청, 공감, 적절한 조언 등으로 나타나기 때문이다. 상대가 원하지도 않는 참견은 도리어 그 상대의 처지와 감정에 대한 무신경과 무지에서 탄생한다. 참견쟁이들이 여기저기 마음껏 참견하면서 자신들의 무료함을 해소하고, 표현의 자유를 누리며, 다른 사람에게 도움을 주었다는 착각에 빠져있는 동안, 정작 그들에게 당하는 사람들은 피곤하고 짜증이 나면서, 심한 경우에는 언어폭력을 당했다고 느낀다. 내가 보기에 참견의 반대편엔 무관심이 있는 것이 아니라 내면과 성찰과 고독이 있다. 참견은 이 내면과 성찰과 고독을 모르는 순진무구함, 혹은 그것들이 두려워 회피하려는 비겁함에서 나올 때가 많다.

*
**
*

충고 vs.
잠자코 듣기

교사 시절 있었던 일이다. 퇴근 준비를 하고 있는데 한 학생
이 오더니 나와 상담을 하고 싶다고 말했다. 내가 수업을 들어
가는 반 아이라 이름과 얼굴 정도는 알고 있었지만 상담교사
도 아니고 담임교사도 아닌 나에게 왜 상담을 요청할까 싶었
다. 그렇다고 거절할 수는 없는 노릇이라 일단 앉으라고 하고
그 아이의 말을 들었다. 그 아이의 고민은 사실 특별한 내용이
아니었다. 그 나이 대 여학생들이 힘들어하는 문제 중 비교적
흔한 주제, 나름대로 열심히 공부하는데도 오르지 않는 성적
과 자신보다 뛰어난 형제와 자신을 비교하는 부모와의 갈등이
었다.

평소의 나였으면 그 아이에게 적절한 조언이라고 생각되는 말들을 중간중간 해주며 대화를 이어갔겠지만, 그날은 그렇게 하지 않았다. 수업이 많은 날이어서 목이 약간 잠겨 있었고 배도 고프고 피곤했던지라 잠자코 듣기만 했다. 그런데 말을 하지 않고 그저 듣기만 하다 보니 처음에는 별다를 것이 없다고 생각한 그 아이의 고민에 점점 감정이입이 되기 시작했다. 어쩌면 별다를 것이 없는 고민이야말로 보편적인 것이기에 공감하기도 쉬웠다. 그 아이가 낮은 목소리로 천천히 하는 말을 들으며 울면 티슈 뽑아서 주고 울다가 멈추면 물 따라 주면서 그 아이의 말이 끝날 때까지 그냥 있었다. 한 30~40분 지났을까. 그 아이는 일어서며 나에게 꾸벅 인사를 하더니 이렇게 말했다.

"선생님, 정말 고맙습니다. 제 이야기를 끊지 않고 끝까지 들어주셔서요. 엄마도 친구도 담임선생님도 이렇게 해주지 않았어요. 요 며칠 너무 힘들었는데 선생님 덕분에 마음이 많이 좋아졌어요."

상대의 어려움에 격려적으로 듣고 대응supportive listening and response하는 데는 여섯 가지 방식이 있다. 조언, 판정, 분석, 질문, 위로, 그리고 잠자코 있기가 그것들이다. 조언 혹은 충고 advising는 해결책을 제시해주는 것이며, 판정judging은 상대의 생각과 행동을 평가해주는 것이다(말은 둘 다 현명해 보인다). 분석analyzing은 메시지를 해석해주는 것인데, '내 생각에 지금 널 괴롭히는 건 ○○ 같아'라든가 '문제는 ○○에서 시작된 것 같네', '그녀가 ○○때문에 그 행동을 했겠다'같이 문제해결의 실마리를 제공해주는 것이라 하겠다. 질문questioning은 묻고 상대가 답하게 하는 과정에서 스스로 문제의 원인과 해결책을 깨닫게 해주는 것이다. 위로comforting는 편들어주거나 인정해주고 칭찬과 격려를 하며 기분전환을 제안하기도 한다. (중략)

마지막으로 잠자코 있기prompting란 간단한 격려의 말과 함께 그저 묵묵히 들어줌으로써 스스로 문제를 해결할 수 있도록 그야말로 잠자코 옆에 있어주는 것이다.

- 유정아,《당신의 말이 당신을 말한다》

지금껏 살아오면서 참 많은 말을 충고랍시고 여러 사람에게 했던 것 같다. 앞의 글에서 '참견은 가장 부도덕한 쾌락'이라는 미시마 유키오의 말을 인용했지만 생각해보면 충고도 만만치 않은 유혹이다. 참견이야 상대가 요구하지도 않았는데 자기 마음대로 끼어들어 따따부따하는 것이니 언급할 가치도 없지만 같잖은 충고 역시 참견만큼이나 듣는 이의 기분을 상하게 할 수 있음을 우리는 이미 알고 있다. 그저 위로와 공감이 필요했을 뿐인데 상대가 내 이야기를 끝까지 들어보지도 않고, 내 입장과 상황이 정확히 어떤지 알지도 못하면서 충고(혹은 충고를 가장한 비판)를 던졌을 때 무참해지던 마음. 그럴 때마다 나는 '다시는 저 사람에게 속마음을 이야기하지 말아야지' 하고 다짐했다. 그런데도 나 역시 그런 충고를 다른 이에게 하며 살았다. 돌이켜보면 나도 모르게 얼굴이 화끈거리는 기억들이다. 왜 그랬을까. 상대를 진정으로 위하는 마음보다 잘난 척하고 싶은 무의식적 욕망이 더 컸을 수도 있다. 내가 상대보다 현명하고 대범하다는 마음을 드러내고 싶은 욕망, 상대를 가르치고 교정하고 싶은 거만한 마음이 나에게 있었기에 그런 같잖은 충고가 튀어나왔을 것이다(게다가 교사라는 직업은 자칫하면 이 욕망을 맘껏 발산할 위험이 있다).

그날 그 아이와의 상담(이라고도 할 것 없는 들어주기)은 많은 생각을 하게 했다. 섣부르게 충고하고 판단하고 분석하려는 시도가 상대는 물론이고 나에게도 전혀 도움이 되지 않는다는 사실을 깨달았다. 물론 그렇다고 해서 이 '충고 습관'이 하루아침에 확 고쳐지는 않지만, 적어도 상대의 말을 잠자코 주의 깊게 들어주는 태도가 얼마나 중요한지는 알게 되었다.

이도 저도 마땅치 않은 저녁

철이른 낙엽 하나 슬며시 곁에 내린다

그냥 있어볼 길밖에 없는 내 곁에

저도 말없이 그냥 있는다

고맙다
실은 이런 것이 고마운 일이다

- 김사인, 〈조용한 일〉(《가만히 좋아하는》 중에서)

＊
＊
＊

사교성과
화냥끼

당신을 알고 있는 사람들 중 30퍼센트가 당신을 좋아하고,
45퍼센트가 당신을 보통으로 생각하며, 25퍼센트가 당신을 싫
어한다면 그것만으로도 대성공이다.

- 김혜남,《심리학이 서른 살에게 답하다》

정신과 전문의 김혜남이 쓴《심리학이 서른 살에게 답하다》
라는 책의 한 구절이다. '30, 45, 25'라는 숫자의 근거가 대체
무엇일까 궁금하기는 하지만 어쨌든 이런 종류의 말은 무언가
즉각적인 위로를 주는 힘이 있다. 특히나 자신을 싫어하는 누
군가 때문에 고민하는 사람에게라면 말이다.

그런데 이 말도 곰곰 생각해보면 그다지 위로가 되지 않는다. 내가 아는 사람이 네 명이라고 할 때, 그중 한 명은 나를 싫어한다는 뜻이니 말이다. 그 정도면 성공한 인생이라며 아무리 마음을 다잡는다 해도, 일상생활에서 만나는 네 명 중 한 명이 나를 싫어한다면 어떻겠는가. 보통 사람들은 열 명 중의 한 명만 자기를 싫어해도 신경이 쓰인다. 소심한 사람이라면 그저 신경이 쓰이는 정도에서 그치지 않고 그 한 명 때문에 잠도 못 자고 밥맛까지 떨어질 수 있다. 게다가 만일 그 한 명이 나보다 권력관계에서 위에 있는 사람이라면, 그리고 그 권력을 이용해 나에게 불이익을 줄 수도 있다면, 단순한 감정의 차원을 벗어나 내 존재 기반을 흔드는 무시무시한 고통으로 다가올 수도 있다.

사실 연예인이나 정치인이 아니더라도 '인기인이 되고 싶은 유혹'에서 자유로운 사람은 별로 없다. 다른 사람들로부터 인정받고 사랑받고 싶은 욕망은 본능에 가깝다고 할 수 있으니 말이다. 누군가로부터 미움을 받는 일은 분명 괴롭다. 콩쥐나 신데렐라는 어디까지나 동화 속 주인공일 뿐, 그들이 현실 세계로 튀어나온다면 모두 우울증과 화병, 불안 장애 등으로 고통받을 수도 있다. 다른 사람도 아니고 매일 얼굴을 봐야 하는 가족들로부터 지독한 미움과 학대를 받으면서도 건강한 정신을 유지하기란 불가능에 가깝다.

그러기에 모든 사람으로부터 사랑을 받고 두루두루 그들과
잘 지내는 사람은 돋보일 수밖에 없다. 누구와도 척지지 않고,
누구로부터도 싫은 소리를 듣지 않으며, 누구에게든지 웃는 얼
굴로 대할 수 있는 사람. 별로 친하지 않은 사람에게도 살갑게
대할 수 있고, 듣기 좋은 말을 해줄 수 있는 사람. 우리는 흔히
그런 사람에게 '사교성이 뛰어나다'라고 말한다. 이때 사교성
은 그 사람의 뛰어난 미덕이자 강점이 된다. 그렇다면 이 사교
성이란 대체 무엇인가. 사회학자 노명우는《혼자 산다는 것에
대하여》라는 책에서 이렇게 말한다.

> 　사람은 사교적인 동물이다. 사교성은 인간의 본성 중 하나이
> 다. 사교성을 전제하지 않는 한 인간을 이해할 수 없다. 하지만
> 중요한 사교성의 전제가 있다. 사교성은 개체를 전제로 한다.
> 사교성은 논리적으로는 개체로 분리된 존재들이, 고립된 채 살
> 아갈 수 없기에 고립을 극복하기 위한 2차적 상호작용을 표현
> 한다. 만약 개체로 분리되지 않았다면, 개체로 분리되지 않은
> 개별자들은 타인과 함께 있어도 그것은 사교라 할 수 없다.
> 　- 노명우,《혼자 산다는 것에 대하여》

　위에서 말한 대로 '사교'는 본질적으로 존엄한 개인과 개인
의 관계를 전제로 한다. 즉 개인들이 각자의 존엄함을 유지한

채 평등하고 공정한 입장에서 서로의 생각과 감정을 존중하며 나누는 것이다. 강아지가 주인에게 꼬리 흔드는 행동을 사교적이라고 평가할 수는 없다. 노예가 주인님에게 싹싹하게 구는 것을 사교적이라고 하지는 않는다. 누군가로부터 미움을 받는다고 해서 절망하는 마음이, 나를 미워하는 누군가의 마음에 어떻게든 들어보려고 하는 욕망이, 사실은 사교성이 아니라 강아지나 노예의 심리 상태일 수도 있다는 뜻이다.

마찬가지로 '마을의 모든 사람들'로부터 호감을 얻으려는 심리적 충동도, 실은 반대편의 비판을 두려워하는 '심약함'이 아니면, 아무에게나 영합하려는 '화냥끼'가 아니면, 소년들이 갖는 한낱 '감상적 이상주의'에 불과한 것이라 해야 합니다.
　- 신영복,《감옥으로부터의 사색》

저 글을 처음 읽었을 때, '화냥끼'라는 단어 앞에서 가슴이 서늘해졌다. 모든 사람으로부터 사랑받고 싶은 욕망이 실은 일종의 화냥끼일 수도 있다. 들어가는 약재가 같아도 잘 배합하면 보약이 되고 이상하게 배합하면 독약이 되듯이, 사교성과 화냥끼의 구별은 오직 자기 자신과 다른 사람을 대하는 태도 그 자체에 달린 것이 아닐까. 바람직한 태도는 상대가 존엄한 개인이듯이 나 또한 존엄한 개인임을 인지하는 바탕 위에서 나온다. 그러니 '몇 명이 나를 미워하는가' '누가 누가 나를 미워하는가' 보다 '과연 나는 어떤 태도를 보이고 있느냐'를 먼저 자각해야 할 것이다.

*\
**\
*

연분 없는
중생과는……

박경리의 대하소설 《토지》를 안 읽은 사람은 많아도 이 작품의 존재 자체를 모르는 대한민국 성인은 거의 없을 것이다. 드라마로도 방영된 적이 있으니 대충 무슨 내용의 이야기인지 아는 사람들도 꽤 있을 것이나, 이 작품 전체를 다 읽는 일에는 모종의 결심과 각오가 필요하다. 작가가 1969년에 집필을 시작해 25년 후인 1994년에 탈고한, 등장인물만 600명이 넘는, 200자 원고지 3만 매가 넘는 분량의 작품이니 읽기도 전에 기가 질릴 만도. 내가 이 소설을 처음 완독한 때는 스무 살, 대학 2학년 여름방학 무렵이었다. 도서관에서 대출해 읽었는데 그때는 줄거리를 따라가기에도 벅찼다. 등장인물도 많다 보니 노트에 인물들의 이름을 메모해가며 읽었고, 다른 일을 하지 않고 오로지 책만 읽었는데도 꼬박 한 달이 넘게 걸렸다. 대체 결말이 어떻게 될지 너무 궁금했었던 데다가 그 많은 인물이 서로 주고받는 감정에 이입이 되다 보니 다 읽고 난 후에는 진이 다 빠져버린 느낌이었다.

그로부터 10년이 흐른 후, 그러니까 서른 살에 어쩌다 보니 두 번째로 토지를 통독하게 되었다. 이제 학생이 아닌 교사였으므로 전집을 사서 내 책장에 꽂을 수 있었고, 마침《박경리 대하소설 토지 인물사전》까지 나와서 신기해하며 겨울방학 동안 읽게 되었다. 워낙 방대한 분량이다 보니 어떤 대목은 처음 읽는 것처럼 새롭기도 했는데, 사실 두 번째 읽을 때도 전체 5부 중 3부 중반부터는 줄거리나 등장인물마저도 헷갈리고 희미할 지경이었다. 다만 스무 살과 서른 살, 10년의 시차가 있었던 만큼 읽은 후의 느낌은 많이 달랐다. 처음 읽을 때는 어쩔 수 없이 서사의 흐름 자체에 빠지게 됐었지만, 두 번째 읽을 때는 그 흐름과는 약간의 거리를 갖고 읽을 수 있게 되었다. 그러다 보니 중간중간 나오는 작가의 아포리즘에 마음을 빼앗기는 순간이 자주 찾아왔는데, 그 당시 나를 가장 강렬하게 사로잡은 것은 4부 2편 10장에 나오는 한 문장이었다.

연분緣分 없는 중생하고 맞서본들 뭣하랴. 이 시간만 지나면 되느니라.

- 박경리,《토지》

그 방대한 분량의 작품 속, 수없이 많은 문장 중에서 난 왜 하필 여기에 마음을 빼앗겨 한동안 다음 페이지를 넘기지 못했을까. 그때 나는 인연이라고 부르는 것에 지쳐 있었다. 교사는 5년 차였고, 결혼 생활은 3년 차였다. 교사는 매해 새로운 인연을 만날 수밖에 없는 직업이다. 학생들뿐 아니라 그들의 부모, 같은 공간에서 일하게 될 동료 등 많은 이들을 신학기에 한꺼번에 만난다. 또한 결혼이란, 정확히 말해 우리 사회의 여자에게 결혼이란 알다시피 한 개인이 감당해야 하는 각종 인연과 관계가 순식간에 불어나는 사건이며, 그 과정에서 수행해야 할 역할의 수와 강도는 기하급수적으로 증가한다. 직장 생활이나 결혼 생활이 특별히 불만족스럽지는 않았다. 둘 다 훌륭하지는 못해도 그럭저럭 무난하게 해나가는 중이었다. 다만 이 모든 관계와 인연, 져야 하는 의무, 써야 하는 사회적 가면이 순간순간 버겁고 지겨워지는 것은 어쩔 수 없었다. 무엇보다 문제는 나에게 있었다. 한마디로 가진 능력에 비해 욕심이 너무 많았다. 누구에게나 잘 보이고 싶고, 잘한다는 칭찬을 듣고 싶었다. 당시 난 그런 욕심이 사명감과 책임감이라고 착각했지만, 사실 그것은 일종의 오만이고 허영이었다. 내 그릇의 크기를 겸허하게 받아들이지 못하고 안달복달하느라 내 그릇만 깨지고, 그 과정에서 가끔 그 파편이 상대방에게도 날아갔다. 노력해도 안 되는 일이 있음을 받아들이고 과감하게 놓는 것도 용기라는 사실을 그때는 몰랐다.

루시 모드 몽고메리의 원작 소설을 바탕으로 일본의 스튜디오 지브리에서 만든 〈빨강머리 앤〉이라는 연작 애니메이션이 있다. 어렸을 적에 원작 소설도 재미있게 읽었지만 이 연작 애니메이션을 엄청 좋아했다. 그 작품에는 '조시'라는 이름의 아이가 등장한다. 주요 인물이 아니다 보니 아주 가끔 등장하는 역할인데도 그 당시 내게는 매우 인상적이었다. 다이애나가 앤과 깊은 우정을 나누는 특별한 친구라면, 조시는 주로 앤의 기분을 상하게 하는 존재이다. 주인공인 앤에게 감정이입을 해서 보면 조시는 아주 얄미운 캐릭터가 분명하지만 '악역'이라고 단정할 수는 없다. 그저 앤과 조시는 서로 지독하게 안 맞을 뿐이다. 조시가 앤에게 상처를 주게 되는 가장 큰 이유는 그녀가 아무 생각 없이 말을 툭툭 내뱉기 때문이다. 상복을 입으니 빨간 머리가 더 빨갛게 보인다는 말을 장례식에서 조시에게 들은 후 앤은 마릴라 아줌마에게 선언한다. 조시를 좋아해보려는 노력은 이제 그만두겠노라고, 조시를 좋아하는 일은 나에게 불가능하다고. 애니메이션을 본 지 30년이 지난 지금도 그 장면이 기억나는 이유는 당시에 내 주변에는 딱 '조시' 같은 아이,

즉 '연분 없는 중생'이 있었기 때문이다.

물론 그 이후로도 살면서 시시때때로 '조시'들을 만나고 겪어야 했다. 그때마다 신경이 딱 꺼지면 좋았겠지만 그것이 결코 쉽지 않았다. 어쩌면 나이를 잘 먹는다는 것은 '조시'들이 나에게 미치는 부정적인 영향력을 통제하는 강단과 지혜를 갖게 되는 것인지도 모르겠다. 어차피 나에게 중요한 사람은 조시 열 명이 아니라 다이애나 한 명이기 때문이다.

※
※
※

친구도
친구 나름

여자고등학교에서 8년 동안 교사를 하면서 그 나이 또래의 아이들이 겪는 많은 고민과 만났다. 입시를 앞둔 고등학생들이니 성적과 진로가 고민의 대부분을 차지할 듯하지만, 의외로 누군가에게 털어놓지 않으면 못 견딜 만큼 강도가 센 고민의 주제는 그것이 아니었다. 그럼 뭐냐고? 바로 '친구'였다. 실제로 얼마 전에 전문적으로 청소년 상담을 하는 분과 이야기를 나눌 기회가 있었는데, 고민이 무엇인지 설문 조사를 하면 성적이나 진로가 1위를 차지하지만, 정작 상담하러 직접 찾아오기까지 하는 아이들은 친구 문제 때문인 경우가 제일 많다고 한다. 생각해보면 그럴 만도 하다. 청소년기에 친구는 엄청난 의미를 지니는 존재이지 않은가. 유아기에는 부모가 절대적인 존재이듯이 청소년기에는 또래 집단이 그런 힘을 갖는 존재이다. 게다가 그 나이 또래의 여학생은 남학생보다 관계를 중요하게 생각하고 그것의 밀도와 향방에 매우 민감하다 보니, 또래집단이 자신을 좋아하지 않는다거나, 어떤 오해로 친구와의 관계가 어그러지거나, 친한 친구가 자신을 배신했다고 느끼면 곧장 세상이 무너지는 기분에 빠지고는 한다.

그렇다면 성인들은? 청소년기를 통과한 성인들은 친구 문제로 인한 고민에서 과연 자유로울까? 안타깝게도 아니라는 사실을 우리는 이미 알고 있다.

젊은이들과 만나는 자리에서 가끔 친구 문제에 대해 질문 받는다. 가학적인 친구 관계를 끊지 못하는 경우, 이기적인 친구 때문에 늘 소극적인 분노 상태에 있는 젊은이들을 본다. 그러면 우선 이렇게 대답한다. "서른 살에도 친구 문제로 고민한다는 것은 시기 착오적이다." 그런 다음 사마천의 《사기史記》 '계명우기鷄鳴偶記' 편에 나오는 네 종류의 친구 이야기를 해준다. 적우, 일우, 밀우, 외우.

적우賊友는 도적 같은 친구로 자기 이익을 위해 친구를 사귀는 사람을 말한다. 이런 친구는 상대가 더 이상 내 이익에 도움이 되지 않는다고 판단되면 관계가 소원해진다. 일우昵友는 즐거운 일, 어울려 노는 일을 함께하는 친구이다. 적우나 일우는 친구의 어려움을 떠안을 마음이 없고, 나쁜 일이 생기면 상대방을 탓하기 십상이다. 밀우密友는 친밀한 마음을 나누는 친구이다. 비밀 이야기를 할 수 있고 내밀한 어려움을 부탁하며, 상대의 어려움을 내 것처럼 느낄 수 있는 단계이다. 외우畏友는 서로 경외하는 친구이다. 존경하면서 장점을 배우는 친구, 허물을 말해주면서 도와 덕을 함께 닦을 수 있는 친구를 말한다.

　　– 김형경,《소중한 경험》

　오스카 와일드의《행복한 왕자》에는 〈진정한 친구〉라는 제목의 짧은 동화가 수록되어 있다. 이 동화에는 한스라는 정직하고 착한 사람이 나온다. 그에게는 방앗간 주인인 휴라는 친구가 있다. 한스는 휴를 진정한 친구라고 철석같이 믿고 좋아하며, 휴 또한 자신을 그렇게 생각한다고 확신한다. 휴는 시시때때로 한스에게 '진정한 친구는 어떠어떠해야 한다'라고 말한다. "진정한 친구는 모든 것을 같이 나누어야 하는 거야" "우정이란 결코 잊지 못하는 친구 사이의 감정이라네" "진정한 우정이란 어떤 형태로든 이기적인 욕심으로부터 자유로워야 한다는 게 내 생각일세" 등등. 한스는 그렇게 생각이 깊은 친구가 있다는 사실을 가슴 뿌듯하게 생각하면서 그의 요구를 들어준다. 그런데 문제는 청산유수 달변가인 휴가 정작 한스에게는 그 어떠한 우정도 실천하지 않는다는 데에 있다. 한스는 그의 끊임없는 요구를 들어주면서도 문득문득 의문이 들지만, 그러한 의문을 품는 자체가 진정한 우정을 의심하고 훼손하는 일이라 여긴다. 이러한 한스의 태도는 결국 그 자신에게 어이없는 비극을 안겨다주고 이야기는 그렇게 끝이 난다.

말하자면 이 이야기에 나오는 휴 같은 인간이야말로 전형적인 적우賊友, 즉 도적 같은 친구이다. 정확히 말하면 친구는 무슨, 그냥 도둑놈이지. 그런데 우리가 현실에서 이런 친구 탈을 쓴 도적을 만나는 것은 그리 어려운 일이 아니다.

백가흠의 소설집《사십사》에 수록된 단편〈네 친구〉에는 세 명의 마흔아홉 살 여성이 등장한다(세 명인데 왜 제목이 '네 친구'일까 궁금한 사람들은 직접 읽고 그 이유를 추측해보시길). 대학 동창인 그녀들은 한 달에 한 번 시간을 내서 만나 밥을 먹는데, 대체 왜 만나는 것일까 싶을 만큼 서로에게 상처를 주면서 말 그대로 시간을 죽인다. 알고 지낸 지 30년이 된 친구 사이임에도 이들의 우정에는 시기와 질투가 끈적끈적 뭉쳐져 있다. 서로의 비밀은 존중하지 않으면서 서로의 상처와 약점은 기가 막히게 포착하는 관계, 서로의 행복을 진심으로 축하해주지는 못하고 불행은 은근히 고소해 하는 관계, 서로를 너무 잘 알기에 편하면서도 동시에 그 앎이 덫이 되어 불편한 관계, 그런데도 안 만나면 허전해서 그저 습관처럼 꾸역꾸역 만나는 관계.

이들은 30년의 세월이 무색하리만치 일우昵友의 수준에 그친 친구 사이라고 할 수 있다. 한 번이라도 그녀들이 자신들의 우정을 진지하게 성찰했더라면 서로에게 밀우密友가 될 수도 있었겠지만 그러지 않았거나 못 했다. 작품 속에서 그녀들이 만나 가시 돋친 대화를 나누는 장소는 어느 파스타 가게인데, 읽으면서 흡사 바로 옆 테이블에서 엿듣는 느낌이 들 정도로 생생했다. 이는 작가의 능력 덕분이기도 하지만, 그만큼 그런 대화 양상과 풍경이 낯설지 않았다는 방증일 수도 있다. 뒤에 남는 것은 공허함과 피곤함뿐인 그런 만남을 우리는 알고 있으니까.

적우나 일우를 과연 친구라고 할 수 있을까. 뭐 때에 따라서는 그럴 수도 있겠다. 내 마음에 드는 사람과만 엮일 수 없는 것이 인생인데 친구라고 다 어떻게 똑같겠는가. 하지만 '서른 살에도 친구 문제로 고민한다는 것은 시기 착오적'이라는 소설가 김형경의 말처럼, 적어도 서른이 넘은 사람이라면 한 번쯤은 나를 통해 어떤 이득만을 채우려고 하거나 아니면 그저 나를 킬링타임용 상대로만 여기는 사람이 있는지, 있다면 그 사람이 과연 친구인지 반문해볼 필요가 있다. 나는 호구도 아니고 심심풀이 오징어도 아니므로 그런 사람들에게 쏟는 시간과 노력을 나 자신과 내 진짜 친구인 밀우와 외우에게 돌려주고 싶다.

*
**
*

성공적인
커플의 구조

　언제 결혼을 하면 좋을까. '결혼 적령기' 따위의 통념이 아니라 흔히 '마음의 준비'라고 일컫는 심리 상태 말이다. 이 물음에 대한 심리학자나 정신과 의사들의 대답은 한결같다. 바로 결혼은 혼자 지내도 괜찮을 때 하라는 것. 혼자 잘 사는 사람이 둘이서도 잘 산다는 것. 이는 혼자서 불행한 사람은 결혼을 해도 마찬가지라는 뜻도 된다. 이와 비슷한 맥락에서 다른 이를 사랑하려면 먼저 자기 자신을 사랑해야 한다는 말이 있다. 이는 뒤집어보면 자신을 사랑하지 않는 사람은 다른 사람도 사랑할 수 없다는 뜻이기도 하다. 나의 경험으로 봐도 그렇고 주변 사람들의 경우를 들여다봐도 대체로 맞는 말이다. 새삼 좀 무섭기도 하면서 씁쓸하기도 하다. 혼자서 불행했던 사람일수록 결혼을 통해 행복해질 수 있다면 얼마나 좋겠는가. 자신을 사랑하지 못하는 사람일수록 다른 사람을 더욱 진실하게 사랑할 수 있고, 그 사랑을 통해 자신 또한 사랑할 길이 열린다면 얼마나 다행이겠는가. 한데 현실은 그 반대이니, 자연이나 인간사나 자비라고는 없다는 생각마저 들 지경이다.

여기에 한 사람이 살아가면서 맺는 대부분의 관계는 어렸을 적 부모와의 애착 관계의 양상에 의해 결정된다고 주장하는 수많은 연구까지 떠올리면 더욱더 심란해진다. 부모와 애착 관계가 안정적이지 못했던 사람일수록 연인(배우자)에게 필요 이상으로 집착하거나 권위적 혹은 가학적이 된다고 한다. 부모에게 따뜻한 관심과 일관적인 사랑을 받지 못한 사람일수록 상대의 사랑과 관심을 끊임없이 확인하면서 그를 괴롭게 만든다. 잠시라도 연락이 안 되면 받을 때까지 수십 통의 전화를 하고 문자 메시지를 보내는 사람들은 자신이 상대를 너무 사랑하기에 그런다고 착각하지만, 사실은 어렸을 적 부모와의 건강하지 못한 애착 관계 때문이라는 것이다. 이쯤 되면 슬슬 화가 날 지경이다. 아니, 부모를 선택해서 태어날 수도 없고 뭘 어쩌라는 거야. 흡사 가난의 대물림, 빈곤의 악순환을 보는 기분이다.

그럼에도 전문가들은 희망이 없지는 않다고 말한다. 구조적 가난이야 개인의 힘으로 바꾸기 어렵기에 시스템의 구축이 필요하지만, 사랑에 관해서는 개인의 각성과 노력이 생각보다 많은 부분을 바꿀 수 있기 때문이다. 다행히 이 각성과 노력에 도움을 줄 만한 책들도 있다. 나에게 이 분야의 최고 지침서를 하나 꼽으라고 한다면 주저 없이 꺼내고 싶은 책이 있다.

자기애에 대한 이러한 사상은 마이스터 에크하르트Meister Eckhart의 다음과 같은 말에 가장 잘 요약되어 있다. "만일 그대가 그대 자신을 사랑한다면, 그대는 모든 사람을 그대 자신을 사랑하듯 사랑할 것이다. 그대가 그대 자신보다도 다른 사람을 더 사랑하는 한, 그대는 정녕 그대 자신을 사랑하지 못할 것이다. 그러나 그대 자신을 포함해서 모든 사람을 똑같이 사랑한다면, 그대는 그들을 한 인간으로 사랑할 것이고 이 사람은 신인 동시에 인간이다. 따라서 그는 자기 자신을 사랑하면서 마찬가지로 다른 모든 사람도 사랑하는 위대하고 올바른 사람이다."

– 에리히 프롬,《사랑의 기술》

에리히 프롬이 1956년에 출간한 책《사랑의 기술》중 한 대목이다. 프롬은 이 책에서 사랑에 '빠지는' 것과 사랑을 '하는' 것은 분명히 다르다고 못을 박는다. 사랑은 '수동적인 감정이 아니라 활동'이기에 우리는 사랑을 마땅히 배워야 하고, 사랑은 본능이 아니라 그 배움을 통해 연마해야 하는 기술이자 능력이라고 말한다.

나는 프롬이 말하는 '위대하고 올바른 사람'과는 거리가 멀다. 다만 이 책을 여러 번 읽음으로써 그전보다는 나 자신과 내 남편, 내 아이들을 더 사랑하게 되었다고 느낀다.

어떤 사랑이 가장 이상적인 사랑일까. 이는 어쩌면 우매한 물음일 수도 있다. 이에 대한 대답은 사람마다 다를 것이기에. 마치 가장 이상적인 삶, 가장 이상적인 인간에 대한 정의처럼 말이다. 다만 내가 생각하는 이상적인 사랑이란 이런 모습이다.

어머니가 평온하게 뜨개질을 하는 동안 아이가 주위에서 노는 그런 좋은(너그러우면서도 보호할 줄 아는) 어머니가 되어야 한다. 바로 이것이 '성공적인' 커플의 구조일 것이다. 약간의 금지와 많은 유희, 욕망을 가르쳐 주고, 다음에는 내버려두는. 마치 길은 가르쳐 주지만, 같이 따라나서겠다고 고집 부리지 않는 저 친절한 원주민들처럼.

– 롤랑 바르트, 《사랑의 단상》

연애나 결혼을 해본 사람이라면, 자식을 키워본 사람이라면, 롤랑 바르트가 말하는 저 '성공적인 커플의 구조'가 결코 쉽게 만들어지지 않는다는 것을 잘 알 것이다. 이런 말을 하는 나 역

시도 애써보고 있지만 잘 되지 않는다. 그러니 이상적이라고
할 수밖에. 다만 그 이상을 향해 노력할 뿐이다.

*
 *
*

코 고는 소리는
이제 그만

　18세기에 살았던 21세기의 남자가 있다. 그는 바로 연암 박지원(1737~1805)이다. 내가 연암을 이렇게 부르는 이유는, 그만큼 그가 남긴 글이 지금 읽어도 참신하고 세련되게 느껴지기 때문이다. 이미 나는 예전에 썼던 책에서 그에 대한 '팬심'을 구구절절 드러낸 적이 있기에 여기서는 그가 〈공작관 문고〉라는 자신의 문집에 서문으로 썼던 짤막한 글* 한 편에 대해서 이야기해보고자 한다. 이 글에서 연암은 바람직한 글쓰기와 비평의 태도에 대해 말하고 있는데, 여기서 '이명耳鳴과 코골이'라는 흥미로운 비유가 등장한다. 연암은 글을 쓰는 사람이 흔히 빠지기 쉬운 병폐를 이명에 비유한다. 이명은 알다시피 나에게는 들리지만 남에게는 들리지 않는 소리이다. 즉 아무리 말하고 싶은 내용이 있다 한들 표현이 제대로 이루어지지 않으면 이명처럼 남에게 전달되지 않는다. 이명을 앓는 사람으로서는 답답하고 안타까운 노릇이지만 어쩔 수 없는 일이다. 반대로 코 고는 소리는 내가 내는 소리임에도 불구하고 남에게는 들리나 정작 나 자신은 듣지 못하는 소리이다. 연암은 이를 자신이 쓴 글에 대한 다른 사람들의 비평을 받아들이는 태도와 연관 지어 비유한다. 글에서 코골이 증상이 있는 남자는 자신이 언제 코를 골았느냐며 화를 내는데, 이는 남의 비평을 받아들이지 못하는 잘못된 태도와도 같다. 자신이 쓴 글이더라도 나에게는 보이지 않는 약점이 다른 사람에게는 보일 수 있으니 말이다.

연암이 이런 비유를 사용한 맥락을 재배치해 소통 일반의 문제로 확대해보면 이명과 코골이야말로 소통의 대표적인 두 가지 장애라고 할 수 있다. 남들은 도대체 알아먹을 수 없는 자폐적 언어사용(이명)과 자신의 말이 어떻게 들리든 말든 '나는 말할 테니 너는 들어라'라는 식의 독선적이고 권위적인 태도(코골이)로 치환해도 그럴듯하다. 지금껏 살면서 만난 코 고는 소리를 내는 사람들에게 고통받은 것을(그리고 앞으로도 고통받을 것을) 생각하면 화가 날 지경이다.

예를 들면 이런 경우이다. 몇 년 전에 어느 기관에서 강연회를 개최했는데, 깅연사가 성교육 강의로 유명한 구성애 씨였다. 마침 강연장이 집 근처여서 아이가 유치원에 간 틈을 타 그녀의 강연을 들으러 갔는데, 강연 시작 전에 그 강연을 개최한 기관의 장이 인사말을 한답시고 마이크를 잡았다. 문제는 그 사람이 간략한 인사말에서 그치지 않고, 자신이 그간 이 지역 사회를 위해 얼마나 대단한 일을 해왔으며, 사명감과 책임감이 얼마나 투철한지를 자화자찬하면서 강연에 할애된 시간을 마구 까먹었다는 것이다. 이 강연 뒤에 스케줄이 있었던 구성애 씨는 물론이고, 나처럼 시간을 쪼개 강연을 들으러 온 사람들의 표정은 안중에도 없는 듯했다. 그는 적어도 내가 듣기에는 영양가 하나 없는 잡소리를 길게 하고는 마이크를 강사에게 넘겼다. 구성애 씨는 마이크를 넘겨받자마자 얼마 전에 자신이 외국의 한 초등학교에서 성교육 강의를 했는데, 그곳 교장 선생님은 강사 소개만 아주 짤막하게 하고는 강연장 뒤에 서서 늦게 들어오는 아이들을 위해 문 열어주는 역할을 하더라고 말했다. 그 말을 들은 기관장은 얼굴이 벌게졌지만 나는 하마터면 환호성을 지르며 손뼉을 칠 뻔했다. 말하자면 이런 기관장 같은 사람이야말로 내가 말하는 '코 고는 사람'이다. 자신의 말이 과연 들을 만한 가치가 있는지에 대한 고민이나 자의식은 찾아볼 길이 없고, 오로지 마이크를 잡았다는 만족감에 취해 남들이야 괴롭든 말든 다른 사람의 귀한 시간을 아무렇지도 않게 점유하려는 사람들 말이다.

내가 초등학교와 중학교에 다닐 때만 해도 애국 조회라는 것이 있었다. 마치 군대처럼 반별로 줄 맞춰 차렷 자세로 늘어서 있으면, 자신을 사단장 정도로 생각하는 듯한 교장 선생님의 길고 긴 훈화 말씀이 이어졌다(하긴 그때는 대통령도 군인 출신인 시절이었다). 그 어떤 코 고는 소리보다도 더 듣기 싫었던 그 말씀들. 그것 중에서 그렇게 부동자세로 들을 만한 가치가 있었던 내용이 있었나 애써 기억을 더듬어보지만 안타깝게도 없다. 끝도 없이 말이 길어질 때면 내 특기인 '멍 때리기' 실력을 발휘해보기도 했지만 그것도 어느 정도껏이었다. 추운 날에는 발 시려 죽을 것 같았고, 더운 날에는 더위 먹어 쓰러질 것 같았다(실제로 내가 국민학교에 다니던 그 시절에는 그 코 고는 소리를 듣느라 쓰러지는 아이들이 가끔 있었다. 그쯤 되면 아동학대이다).

그때는 어른만 되면 이 코 고는 소리에서 벗어날 수 있을 것이라 기대했다. 근데 웬걸. 애국 조회와 훈화 말씀에서는 풀려났지만, 이 사회에는 여전히 나를 가르치고 싶어 안달 난 '코 고는 사람들'이 차고 넘쳤다. 택시를 타면 (여러 코 고는 소리 중에서도 내가 가장 혐오하는 장르인) 저질 정치 평론을 내릴 때까지 듣게 될지도 모른다. 반박하고 싶어도 상대는 운전대를 잡고 있다. 소심해진 나는 최대한 그를 자극하지 않고 안전하게 가기 위해 아무 말도 하지 않은 채, 목적지에 빨리 도착하기만을 마음속으로 빌고 또 빈다.

　맨스플레인mansplain이라는 신조어가 있다. 남자man와 설명하다explain을 결합한 단어로 말 그대로 '남자가 여자에게 잘난 체하며 설명하는 것'을 의미한다. 리베카 솔닛이 쓴《남자들은 자꾸 나를 가르치려 든다》라는 책에는 이와 관련해 흥미진진한 에피소드가 소개되어 있다. 작가는 파티에서 한 남성을 만나는데, 그 남성은 그녀에게 무슨 책을 썼느냐고 묻는다. 그녀가 자신이 쓴 책의 주제를 이야기하자마자 그 남성은 그녀의 말을 중간에서 끊더니, 그 주제에 관해 '아주 중요한 책'이 나왔는데 읽어봤느냐며 흡사 학생을 가르치는 말투로 거만하게 떠들기 시작한다. 그 책을 쓴 사람이 바로 그녀였는데 말이다. 이런 것을 보면 우리 사회뿐 아니라 세상 어느 곳에나 자신이 여자들보다 무언가를 많이 알고 있다고 믿어 의심치 않은 채, 기회가 있으면 여자들을 가르치고 설명하고 싶어 안달 난 남자들이 많이 있나 보다. 이 남자들의 잘난 척은 리베카 솔닛이 말한 대로 '과잉 확신과 무지함이 결합'된 결과물이라고 할 수 있겠다. 하지만 내가 보기에는 그것 말고도 더 중요한 요인이 있으니 바로 침묵과 고독과 사색의 부재이다. 코 고는 소리에는 정작 그 소음(!)을 내는 사람의 내면은 없다. 그들은 어디서 보고 들은 정보들을 주워섬기거나, 자신의 지위나 성취를 자랑하거나, 자신의 의견이 진리라는 믿음에 취해 있느라 바쁠 뿐,

자신이 진실로 어떤 사람인지에 대해서는 알지 못하고 알고
싶어 하지도 않는 것 같다. 하긴, 진정한 내면이란 오로지 침묵
과 고독과 사색 속에서만 만들어지는 법인데 알 수 있을 리가
없지.

★《연암집》(박지원 지음, 김명호·신호열 옮김, 돌베개, 2007)에 〈자서〉
라는 제목으로 글 전문이 실려 있다

자기 연민을
멈춘 자리에서

지금은 초등학교 4학년인 큰아이가 유치원생이었을 때 몇 번 부모 교육 강연을 들은 적이 있다. 내 아이만큼은 반드시 잘 키우고 싶다는 열망, 그렇지만 그 열망을 충족하기에는 아이를 키우는 것이 녹록지 않은 현실, 이 두 가지가 복합되어 발생한 조바심과 답답함이 강연장마다 엄마들을 가득 차게 만들었으리라. 그런 강연에서 다음과 같은 강사의 말을 흔히 들었다.

"여러분들이 임신했을 때를 생각해보세요. 그때 어떤 소망을 했나요? 아무런 장애 없이 그저 건강한 아이가 태어나기만을 바라지 않았나요? 그런데 지금은 어떤가요? 그저 내 욕심을 아이에게 강요하면서 아이를 힘들게 하고 미워하지는 않나요?"

이런 말을 들은 엄마들은 십중팔구 대단한 진실을 깨달은 현자와 당장 회개해야 마땅한 죄인이 합쳐진 표정과 심정이 되어 고개를 주억거린다. 혹시라도 그 자리에 장애아를 키우는 부모가 있을지도 모른다는 생각은 미처 하지 못한다. 더 나아가 자신보다 더 큰 불행(이라고 흔히 간주하는 것)을 겪는 타인과 자신을 비교해 안도와 감사를 느끼는 것이 과연 이성적으로 합당하며 윤리적으로 정당한가 묻지 않는다. 이런 근본적인 질문은 끼어들 틈이 없다. 평범한 아이를 키우는 것도 분명 고강도 육체노동이며 감정노동이다. 그러니 일단 내 마음이 편해지고 그로 인해 아이에 대해 관대해지면 다행이다. 그런 순간이 강연장을 나오고 잠깐 지속되다가 며칠 못 가서 도로 아미타불이 될망정 말이다. 그래, 내 아이는 가끔 내 속을 뒤집어놓기는 해도 '정상'이야. 그것만 해도 감사한 일이지 뭐.

그렇다면 이 사회가 정상이라고 분류하지 않은 아이를 키우는 부모는 대체 어찌해야 하는가. 어디에서 안도를 느끼고 감사를 구해야 하는가. 《엄마는 오늘도 소금땅에 물 뿌리러 간다》는 이 무거운 질문에 대한 대답이라고 할 수 있다. 사실 이 책의 저자 최유진은 내가 사적으로 알고 지내는 언니이다. 논문이나 학술 서적이 아닌, 자신의 사적인 부분을 노출할 수밖에 없는 책을 지인이 내게 되면 독자는 읽는 내내 저자의 육성이 환청으로 들리는 경험을 하게 된다(내가 책을 내고 친구들에게 가장 많이 들었던 말도 '책을 읽는데 네 목소리가 들려!'였다). 그런 이유로 나는 이 책을 읽는 것이 반갑기도 했지만 동시에 힘들기도 했다.

저자는 자폐 성향이 있는 아들을 키우고 있다(아들은 이제 스무 살이 넘은 어엿한 청년이 되어 직장까지 다니고 있으니 키운다는 말이 좀 어색할 수도 있겠다). 아들을 키우면서 저자가 겪어야 했던 별별 사건들, 그때마다 그녀가 감당해야 했던 온갖 감정들을 이 글에서 시시콜콜 열거하고 싶지는 않다. 나를 포함한 독자가 이 책을 통해 찾아야 하는 가장 중요한 것은 저자의 힘들었던 경험담이 아니라 그녀가 획득한 삶에 대한 어떤 태도라는 생각이 들기 때문이다. 그리고 이 책은 독자에게 저렴한 호기심의 충족이나 어설픈 동정 따위가 아닌, '나는 어떤 사람인가'라는 근본적이고도 준엄한 자기성찰을 하게 만든다.

이 책을 읽는 내내 만일 내가 그녀와 같은 상황에 놓였다면 어땠을까를 생각했다. 절망과 분노, 억울함과 두려움, 외로움과 허망함, 이 모든 것들보다 끈질기게 나를 괴롭혔을 감정은 아마도 자기 연민이 아니었을까. 이 자기 연민이야말로 앞서 열거한 모든 감정의 원인이자 결과라는 사실을 나 역시 경험상 알고 있다. 나를 보고 웃지 않는 아이, 나에게 엄마라고 불러주지 않는 아이, '인정사정 봐주지 않는' 행동으로 '마음에 스산한 황사 바람이 불게 하는' 아이를 키우면서 대체 어떻게 자기 연민의 늪에 빠지지 않을 수 있다는 말인가. 이 책은 그 늪에서 아주 고통스러웠지만, 마침내 그곳을 빠져나온 사람의 정직한 땀과 눈물의 기록이다.

우리가 흔히 말하는 희망이란 대체 무엇일까. 절망에 몸부림 치는 사람을 위로한답시고 희망이라는 말을 손쉽게 꺼내는 것 이 과연 옳은 태도일까. 오히려 섣부른 위로는 한 사람이 온몸 으로 겪고 있는 고통에 대한 무례이며, 강요된 희망은 절망에 대한 모독일 수 있다. 지극한 절망 속에서 가까스로 건져 올린 희망만이 진짜 희망이기 때문이다. 절망에서 희망으로의 이행 은 엄청난 진통을 동반하는 출산에 가깝다는 것을, 무엇보다 자기 연민에 빠져 있는 동안에는 그 출산이 절대 불가능하다 는 서늘한 진실을 이 책을 읽으며 새삼 깨닫게 되었다.

책의 끝에 있는, 아들에게 보내는 편지에서 저자는 이렇게 말한다.

저번에 텔레비전에서 이스라엘 엔게디 키부츠를 소개하는 화 면이 나왔다. 염도가 높은 땅에 몇 년 동안이나 물을 대어 소금 기를 다 빼내고 농장을 만들었다는 것인데, 그리 슬플 것도 없 는 얘기에 눈이 확 붉어졌었다. 너를 키우는 일이 내게는 소금 땅에 물 대는 일처럼 가망 없게 느껴졌고 끝이 보이지 않는 일 에 희망을 거는 듯 아득했는데, 이제 너는 비록 길 건너편이라도 나와 함께 걷고 친구를 잃은 슬픔에 대해 내게 말해 주니 말이다. 소금사막이었던 엔게디 지방에 식물원을 만들어 낸 그이들처럼 엄마는 살고 싶은 것이다.

－ 최유진,《엄마는 오늘도 소금땅에 물 뿌리러 간다》

묵상해본다. 내 삶의 소금땅은 무엇이었으며 앞으로 무엇일까. 그 앞에서 나는 어떤 태도를 취해 왔으며 취할 것인가. 삶에서 소금땅이 있는 이유는 무엇인가. 소금땅이 없는 삶은 과연 가치 있고 행복할까. 그리고…… 어찌하여 눈물은 달지 않고 짠가. 그 짠 눈물 속에서 나는 무엇을 보아야 하는가.

＊
＊＊
＊

패자의
품격

"2등은 아무도 기억하지 않는다!"

1990년대 중반, TV에 나왔던 한 재벌 기업의 광고 문구이다. 당시 대학생이던 나는 그 광고를 보자마자 마음속 깊이 솟구치는 맹렬한 저항감을 느꼈다. 광고 문구가 반드시 윤리적이어야 할 의무나 필요는 없다. 1등 기업이 되고야 말겠다는 결의도 충분히 알겠다. 다만 저 말이 너무나 노골적이고 폭력적으로 느껴졌고, 그 저항감의 원천에는 내가 어렸을 적 읽은 한 권의 위인전이 있었다.

어렸을 적 읽은 위인전의 인물 중에서 나에게 가장 강렬한 기억을 남긴 사람은 바로 영국의 해군 대령이자 탐험가인 로

버트 팰컨 스콧(1868~1912)이다. 그는 1911년, 인류의 발길이 닿지 않은 남극대륙을 탐험하고 남극점을 정복하기 위해 대원들을 이끌고 남극으로 향한다. 거의 비슷한 시기에 노르웨이에서는 로알 아문센이라는 탐험가가 남극을 향해 출발하고, 바야흐로 이제 두 팀의 탐험은 개인의 명예를 넘어 국가의 자존심이 걸린 경주가 되어버린다. 이 두 팀 중 과연 어느 쪽이 남극점에 먼저 도착할 것인가가 전 세계적 초미의 관심사였다. 알려져 있다시피 남극점에 맨 처음 꽂힌 깃발은 영국 국기가 아닌 노르웨이 국기였다. 아문센이 한 달가량 빨랐다. 도착하기까지 상상을 초월하는 수준으로 죽을 고생을 한 것은 두 팀 모두 마찬가지였지만, 이동 수단이나 경로 등 여러 전략 면에서 아문센이 스콧에 비해 한 수위였던 것이 결정적으로 승패를 갈랐다. 아문센 팀은 남극점 도착이라는 경주에서 승리했을 뿐만 아니라, 전원 무사 귀환하여 전 세계적 영웅이 된다. 반면 스콧 팀은 순위에서 밀렸을 뿐 아니라, 귀환하는 도중에 악천후와 식량 부족이라는 난관을 만나 동상과 굶주림으로 전원 사망한다.

남극점 도착을 일종의 경주로 본다면 분명 아문센은 승리자고 스콧은 패배자라고 할 수 있다. 게다가 아무리 운이 따라주지 않았다고는 하나 스콧은 아문센과 비교하면 탐험 전략 면에서 분명 허술했으며, 그로 인해 자신은 물론이고 다른 대원들의 목숨도 지켜내지 못했다. 냉정하게 보자면 그는 실패한 리더라는 비판을 받을 수 있다. 그렇지만 예나 지금이나 내 마음은 아문센보다 스콧에게 기우는데, 그 이유는 다음 두 가지 때문이다.

일단 둘은 탐험의 목적이 달랐다. 아문센은 단지 남극점을 정복하는 데만 관심을 가졌지만, 스콧은 지질학과 지도 제작 등 학술 탐사에도 많은 관심을 가졌다. 그는 엄청난 추위와 굶주림으로 기진맥진한 상태에서도 빙하에서 채집한 16킬로그램이 넘는 식물 화석의 표본을 650킬로미터나 직접 끌었고, 그것을 죽는 순간까지 버리지 않고 지니고 있었다. 남극점을 찍는 것 못지않게 인류에게 미지의 땅인 남극을 알려줄 수 있는 자료를 중요하게 생각했기 때문이다.

더 큰 이유는 스콧이 이 모든 과정을 매우 세밀하게 기록했기 때문이다. 탐험대가 실종되었다고 판단한 영국 정부에서 몇 달 후 수색대를 보냈고, 수색대는 냉동된 대원들의 시체와 스콧이 남긴 수많은 편지와 일기들을 발견했다. 그는 출항부터 죽음 직전까지 거의 하루도 빼놓지 않고 일기를 썼다. 그가 동상으로 썩어들어가는 손을 붕대로 칭칭 감은 채 남긴 마지막 일기에는 이렇게 적혀 있었다.

우리는 신사처럼 죽을 것이며, 불굴의 정신과 인내력이 남아

있음을 보여주겠다…… 우리가 살아난다면 모든 영국인들 가
슴을 뒤흔들 탐험대의 용기와 인내를 말해 줄 수 있을 텐데……
이 짧은 글과 우리의 시체가 그 이야기를 대신해줄 것이다.

(중략)

안타깝지만, 더 쓸 수 없을 것 같다.

- 캐롤라인 알렉산더,《인듀어런스》

"아직까지 인간 역사상 죽음 앞에서 끝까지 통제력을 상실하
지 않고 기록을 남긴 사람이 스콧 외에는 없다."

미국의 어느 전기 작가가 한 말이라고 한다. 나는 남극의 추
위를 상상할 수조차 없다. 아마도 불지옥만큼이나 끔찍한 얼음
지옥이리라. 그런 곳에서 그는 매일 일기를 쓰고, 자신의 가족
과 대원들의 가족에게 편지를 썼다. 어렸을 적 읽은 위인전에
는 그 기록들이 많이 소개되어 있지 않았지만 짧은 글만으로
도 눈물이 쏟아지기에 충분했다. 당시 스콧에게 어찌나 감정이
입을 했던지 여름방학이었는데도 책을 읽은 후 곧바로 오한이
느껴지면서 며칠 동안 심한 감기로 고생을 했던 기억이 난다
(책을 읽어서 감기에 걸렸다는 것은 말도 안 되지만 꼭 그런 것처럼
느껴질 정도였다는 말이다).

경쟁에서 이기는 것은 중요하다. 하지만 못지않게 중요한 것
은 어떻게 이기고 어떻게 졌느냐이다. 매스컴은 승자의 환희에

주목하지만 문학은 패자의 내면에 주목한다. 문학은 만일 그 패자에게 일말의 고귀한 품격이 있다면, 그것을 집요하게 포착해 최대한 상세하게 그려내려고 한다. 그러니 아무리 1등만 기억하는 더러운 세상일지언정 문학은 2등에게 관심이 많을 수밖에 없다. 나는 이것이야말로 문학이 끝내 지켜야 하는 기억의 윤리라고 믿는다.

*
*
*

진정한
현실주의자

생계를 꾸려가는 방법에 대하여 밤낮으로 모색해보아도 뽕나무 심는 일보다 더 좋은 계책은 없을 것 같다. 제갈공명의 지혜보다 더 나은 게 없음을 비로소 알겠구나. 과일 장사하는 일은 본래 깨끗한 이름을 남길 수 있지만 장사는 장사인 것이다. 뽕나무 심어서 누에치는 일은 선비로서의 명성도 잃지 않으면서 큰 이익도 얻을 수 있으니 세상에 이러한 일이 또 있겠느냐? 이곳 남쪽 지방에 뽕나무 365그루를 심은 사람이 있는데 일년에 동전으로 365꿰미를 벌었다. 일년이란 365일이기 때문에 매일 동전 한 꿰미를 사용하여 양식으로 삼아도 죽을 때까지 다 쓰지 못할 것이며 마침내는 훌륭한 이름을 남기고 죽어갈 수 있다.

이 일이 본받을 만한 일이고 공부는 그 다음 일이다. 잠실 세 칸을 만들어놓고 잠상蠶床을 일곱 층으로 해놓으면 한꺼번에 스물한 칸의 누에를 칠 수 있어서 부녀자들을 놀고 먹게 하지 않을 수 있으니 또한 좋은 방법이다. 금년에는 오디가 잘 익었으니 너도 그 점을 명심하여라.

— 정약용,《유배지에서 보낸 편지》

다산이 둘째 아들 학연에게 이 편지를 보낸 때는 유배 10년 차였다. 그 시절, 유배란 자신을 둘러싼 모든 네트워크에서 축출되어 완전히 낯선 땅으로 떨어지는 고립이었을 것이다. 휴대전화가 없으면 불안해서 하루도 못 사는 사람들이 그 지독한 외로움을 어떻게 가늠할 수 있겠는가. 언제 풀려날지 기약도 없다. 이대로 늙고 병들어 혼자 이 낯선 땅에서 죽을 수도 있다. 그런데도 다산은 뽕나무를 심으라고 하면서 그 구체적 방법까지 이야기하고 있다. 그는 다른 편지들을 통해 뽕나무 말고도 여러 생계 대책을 제시한다. 과일, 채소, 약초를 재배하고 닭을 키워보라고도 한다. 말로만 해보라는 것이 아니라 자신이 생각한 방법까지 아주 구체적으로 적어서 말이다. 흑산도에 유배가 있는 둘째 형님에게는 이런 편지도 보낸다.

보내주신 편지에서 "짐승의 고기는 전혀 먹지 못한다"라고 하섰는데 이것이 어찌 생명을 연장할 수 있는 도道라고 하겠습니까. 섬 안에 산개山犬가 천마리 백마리뿐이 아닐 텐데, 제가 거기에 있었다면 5일에 한 마리씩 삶는 것을 결코 빠뜨리지 않겠습니다. 도중에 활이나 화살, 총이나 탄환이 없다고 해도 그물이나 덫을 설치할 수야 없겠습니까. 이곳에 어떤 사람이 하나 있는데, 개 잡는 기술이 뛰어납니다. 그 방법은 이렇습니다. (중략)

5일마다 한 마리를 삶으면 하루이틀쯤이야 생선요리를 먹는다 해도 어찌 기운을 잃는 데까지야 이르겠습니까. 1년 366일에 52마리의 개를 삶으면 충분히 고기를 계속 먹을 수가 있습니다. (중략) 들깨 한 말을 이 편에 부쳐드리니 볶아서 가루로 만드십시오. 채소밭에 파가 있고 방에 식초가 있으면 이제 개를 잡을 차례입니다.

- 정약용, 《유배지에서 보낸 편지》

이어지는 내용은 맛있는 개고기 요리를 위한 아주 구체적인 레시피이다. 다산이 유배지에서 아들들과 형, 제자들에게 보낸 편지들을 내가 처음 읽은 것은 스물일곱 살 때였다. 그때는 다산의 선비적 풍모가 인상적으로 다가왔다. 부지런히 책을 읽고 글을 쓰는 습관, 불의와 타협하지 않는 결기, 그러면서도 언뜻언뜻 어쩔 수 없이 비치는 지식인의 울분 같은 모습 말이다. 뽕나무를 키워보라느니 개고기를 삶아 먹으라느니 하는 내용은

중요하게 다가오지도 않았고 좀 뭐랄까 '쫀쫀하다'라는 느낌이
들어 피식 웃음이 나기까지 했다. 그때는 미혼이었던지라 '이
런 남자는 학자로서는 훌륭할지 모르지만 남편감으로는 좀 피
곤하겠어. 함께 살면 가계부 쓰라고 닦달할 듯?' 뭐 이런 경망
스러운 추측도 했다. 그런데 마흔이 되어 이 책을 우연히 다시
읽다가 맙소사, '개고기 레시피' 대목에서 하마터면 울 뻔했다.
그 모습은 사실 쫀쫀함이 아니라 무서우리만치 견결한 현실주
의였기 때문이다.

가끔 현실주의자라는 단어를 윤리나 원칙 따위는 내던진 채
그때그때 자신의 이익에 따라 시류를 따라가는 사람을 일컫기
위해 사용하는 것을 볼 때가 있다. 아니, 현실을 대체 뭐로 보
고 그따위 인간을 현실주의자라고 한다는 말인가. 그런 인간은
그냥 교활한 기회주의자이다. 인간에게 현실이란, 다 포기하고
싶고 죽고 싶은 순간에도 끝내 살아내야 할 엄숙한 삶 그 자체
가 아니던가. 알다시피 다산이 유배지에서 보낸 시간은 18일
도 아니고 18개월도 아니고 18년이다. 갓 돌이 지난 자식이
스무 살이 되는 시간을 아버지이기도 한 다산은 견뎌냈다. 아
들들에게 책을 왜 읽어야 하며 어떻게 읽어야 하는지, 어른을
어떻게 섬겨야 하며 형제간에는 어떤 마음으로 지내야 하는지,
왜 사람은 근면하고 검소해야 하는지, 심지어 술은 어떻게 마
셔야 하는지까지 시시콜콜 적어 보내면서 말이다. 그의 흔들림

없는 선비 정신과 곡진한 부성애가 느껴지는 편지들은 충분히 감동적이다. 그런데 나는 그보다 자신의 비참한 처지를 한탄하며 세상을 원망할 법한 그 순간에도 가족의 생계를 걱정하며 아들에게 뽕나무를 심어보라고 말하는, 몸이 허약한 형에게는 그 시절 유일한 단백질 공급원이었을 개고기 요리법을 알려주며 자신이라면 5일마다 개를 삶아 몸을 보하겠다고 말하는, 그런 다산에게 더 감탄하게 된다. 진정한 현실주의자 앞에서 숙연해지지 않을 수는 없기 때문이다.

3부

내 청춘의
소중한
조각들

*
* *
*

심심해서
소중했던 날들

정말이지 너무나도 심심했다. 내 어렸을 적 이야기이다. 누군가가 나의 유년을 한마디로 요약하라고 한다면 나는 '심심했던 날들'이라고 할 것 같다. 이런 말을 하면 내가 굉장히 외롭고 척박한 환경에서 자랐나 싶겠지만 오히려 정반대에 가깝다. 객관적으로 본다면 내 유년 시절의 성장 환경은 심심하기 힘든 조건이었다. '이런데도 심심했다고? 호강에 겨워 요강에 똥 싸고 있구먼!'이라는 비난이 쏟아질 수도 있을 만큼.

우리는 대가족이었다. 부모님과 할머니, 결혼 안 한 삼촌과 고모가 함께 살아 북적북적했다. 난 내 부모님의 큰딸이자, 아버지가 장남이신지라 집안의 첫 번째 아이로 태어나 과도하다 싶을 만큼 관심과 사랑을 많이 받고 자랐다. 동생도 두 명 있었고 특히나 연년생 여동생과는 매일같이 함께 놀고 싸우느라 정신이 없었다. 그뿐인가. 거의 매일 모여 공기놀이와 고무줄놀이를 하는 친한 친구들도 있었다. 게다가 집 뒤에는 꽤 넓은 과수원이 있었고, 조금만 걸어나가면 냇가도 있는 시골에서 자랐다. 놀기에는 천혜의 자연환경이었다는 말이다. 방학 때 도시에서 사는 사촌들이 놀러 오면 어린 그들은 우리가 사는 곳이 마치 지상낙원이라도 되는 듯 신나서 어쩔 줄 몰랐다.

이런데도 나는 심심했다. 잠깐 무아지경 상태로 고무줄놀이를 하다가도 순간순간 밀려오는 심심함은 어쩔 수 없었다. 친구들과 놀아봤자 집 근처였고, 산으로 들로 냇가로 쏘다니는 것을 그다지 내켜 하지 않는 기질이라서 더 그랬을 수도 있다. 나가봤자 여름에는 너무 덥고 겨울에는 너무 춥고 봄가을에는 너무도 싫어하는 뱀을 보게 될까 봐 무서워서 웬만하면 집에 있었다. 아마도 오직 이 심심함을 견디려는 방편으로 책에 집착했을 수도 있다. 방바닥에서 뒹굴뒹굴하며 책을 읽으며 이런저런 공상에 빠지다 보면 그럭저럭 하루가 가고는 했으니까.

사실 어느 문화권에서나 주식은 심심하다. 빵뿐 아니라 쌀밥, 감자, 옥수수가 그렇다. 매일, 평생 먹어도 물리지 않아야 하기 때문일 것이다. 심심함이란 적당히 간을 하면 원하는 맛을 낼 수 있는 상태를 말한다. 그래서 심심하다는 건 맛의 부재에 대한 서술이라기보다 맛의 풍부함을 준비하고 있다는 신호로 봐야 한다. 그건 우리의 풍요로운 삶을 위해서도 필요한 것이다. 심심해야 '하고 싶은 것'을 생각해 낼 수 있다. 심심해야 무언가 간절히 바라는 마음을 가질 수 있다. 심심함은 인생의 맛을 위해 비워 놓은 자리다.

  - 이대근, 〈권태로운 삶을 위하여〉(《경향신문》 2015년 1월 8일)

요즘에는 애나 어른이나 많은 이들이 심심함을 견디지 못하고 곧바로 심심한 상태에서 빠져나온다. 손안에 스마트폰이 있지 않은가. 누군가를 잠깐 기다릴 때도, 무엇인가를 주문하느라 잠깐 줄을 섰을 때도, 그 잠깐을 견디지 못해 휴대전화를 꺼내 게임을 하고 인터넷 검색을 하고 카카오톡의 대화창을 누른다. 그 잠깐 가만히 있는 것이 비생산적이고 낭비적인 태도라고 착각까지 하면서. 그런다고 무슨 대단한 지식이나 지혜를 얻는 것도 아니다. 오히려 별 의미도 관심도 없는 외부 자극이 일방적으로 들어와서 머릿속만 복잡하게 할 때가 더 많다.

  자극이 지나치게 많은 삶은 밑 빠진 독이나 다름없다. 이런 상태에서 사람들은 환희에 가까운 감격이야말로 즐거움의 필수요소라고 여기기 때문에, 끊임없이 감격을 느끼기 위해서 점점 더 강력한 자극을 찾을 수밖에 없다. 지나친 자극에 익숙해져버린 사람은 후추를 병적으로 좋아해서 결국 남들이 보기에는 숨이 막힐 정도로 많은 후추를 먹어도, 정작 본인은 별맛을 느끼지 못하게 된 사람과 비슷하다. 권태의 어떤 요소는 지나치게 많은 자극을 피하는 것과 깊은 연관성을 가지고 있다.

지나치게 많은 자극은 건강을 해칠 뿐 아니라 모든 종류의 즐거움에 대한 감각을 무디게 만들고, 근본적인 만족감을 표면적인 쾌감으로, 지혜를 얄팍한 재치로, 아름다움을 생경한 놀라움으로 바꾸어버린다. 나는 극단적으로 자극에 반대하는 사람은 아니다. 일정한 양의 자극은 건강에도 이롭다. 하지만 모든 것이 그렇듯이 문제는 그 양에 있다. 자극이 너무 적으면 병적인 갈망을 자아내고, 너무 많으면 심신을 황폐하게 한다. 그러므로 어느 정도 권태를 견딜 수 있는 힘은 행복한 삶에 있어서 필수적인 것이다. 이것은 젊은 사람들이 배워야 하는 것 가운데 하나다.

훌륭한 책들은 모두 지루한 부분이 있고, 위대한 삶에도 재미없는 시기가 있다.

– 버트런드 러셀,《행복의 정복》

러셀의 말대로 심심함은 마땅히 없어져야 할 부정적인 느낌이나 상태가 아니다. 대단한 성취를 이룬 것도 아니고 훌륭한 인격을 갖추지도 못한 평범한 인생이지만, 그래도 이런 글이 나마 쓸 수 있는 것은 어렸을 적 심심했기 때문이라는 생각이 든다. 해 질 무렵, 옥상에 올라가 불타는 서쪽 하늘을 우두커니 바라봤던 일, 여름날 평상에 누워 구름의 모양과 움직임을 한참 동안 넋 놓고 관찰했던 일, 눈 내리는 밤이면 방바닥에 엎드려 볶은 콩을 주워 먹으며 소설책을 읽던 일, 시험 기간에 공부하는 척하면서 내 주변 가족, 친구, 선생님 들의 성격과 습관을 노트에 적었던 일, 이 모두가 하등의 건설적 목적이라고는 없이 그저 너무 심심해서 한 짓이었지만, 그 어떤 일보다 그 짓들이 내 마음을 자라게 했다.

세상은 이미 러셀이 저 글을 썼던 1930년대와는 비교할 수 없을 정도로 엄청난 양과 센 강도의 자극으로 가득 차 있다. 아홉 살 때까지 외동으로 자란 내 큰 아이가 엄마, 아빠 다음으로 많이 발음한 단어는 아마도 '심심해!'였으리라. 나는 내 아이들이 심심한 시간을 무조건 재미없고 의미 없다고 여기지 않았으면 좋겠다. 심심하다고 곧바로 각종 전자기기를 꺼내는 사람이 되지 않았으면 좋겠다. 라면은 어쩌다 먹어야 맛있는 것처럼 라면 같은 시간은 어쩌다 있을 뿐이고, 인생의 대부분은 밥 같은 시간임을 알았으면 좋겠다. 라면만큼의 자극적인 맛은 없을망정 천천히 음미하다 보면 밥 자체에서도 달고 고소한 맛이 나오는 것처럼, 심심한 시간도 그렇게 음미할 수 있는 사람이 되었으면 좋겠다. 풍성한 인생이란 맵고 짜고 달고 톡 쏘는 사건의 연속이 아니라, 심심한 시간의 은은하고 깊은 맛을 자신의 혀로 맛볼 때 비로소 받을 수 있는 선물임을 아는 사람이 되었으면 좋겠다. 요즘 같아서는 이 바람이 특목고나 일류대 들어가는 것보다 더 큰 욕심일 수도 있겠다 싶지만 그래도.

***

1990년 10월 27일 밤,
그리고……

무려 26년이었다. 내가 그를 알고 지낸 시간이. 아니, 이것은 좀 웃기는 말이다. 그는 대중에게 노출된 연예인이었고 나뿐만 아니라 많은 사람이 그를 알았으므로. 정작 그는 이 '연예인'이라는 단어 자체를 아주 싫어했고, 자신이 그렇게 분류된다는 것을 종종 견딜 수 없어 했다. 하지만 그의 감정과는 상관없이 초등학생들도 길거리에서 마구 그의 이름을 불러대는 것은, 그가 처했던 어쩔 수 없는 현실이었다.

26년 동안 그는 나에게 어떤 사람이었나. 처음 몇 년은 가려질 수 없는 명철함과 조금은 재수 없어 보이는 허세로 소녀 팬의 판타지를 자극했던 아이돌이었다. 그다음 몇 년은 정직한 실험 정신이 무엇인지 알게 해준, 한 번도 실망시키는 음악을 내놓지 않는 최고의 뮤지션이었다. 그리고 어느 순간부터는 비슷한 시기에 결혼해 같은 해에 첫 아이를 낳고 함께 나이 먹어가는, 말이 잘 통하고 허물없는 남자 선배 같은 사람이었다. 더는 나에게 설렘이나 감탄을 주지도 않지만, 가끔은 특유의 철없음으로 혀를 차게 만들기도 했던 사람. 그래도 언제나 약자의 편에 서서 그들과 함께 공감하며 유쾌하게 낄낄대려 했고, 그 낄낄거림 속에서도 송곳 같은 명민함은 숨길 수 없었던 사람. 차갑고 강한 겉모습과는 정반대로 뜨겁고 여린 마음을 지녔던, 무엇보다 혼자가 되는 것을 두려워하지 않는 용기를 지녔던 남자. 그 용기가 천성에서 나온 것이 아니라 내면의 막대한 두려움을 이기고 나온 것임을 눈치챌 수 있었기에, 언제나 응원해주고 싶었던 영혼. 이렇게 말하고 나니 그와 내가 굉장히 가까웠던 사이 같지만 내가 그를 매체를 통해서가 아니라 실제로 본 것은 딱 세 번, 공연장에서였고 그 흔한 팬레터 한 번 보낸 적이 없으니 그는 당연히 나를 몰랐을 것이다. 하지만 누군가를 오랜 시간 관심을 갖고 지켜보다 보면, 특별한 통찰력이 없어도 그 사람의 내면에 그려진 무늬가 보이기도 한다. 그가 왜 그런 말과 행동을 하는지가 다 동감은 되지 않더라도 최소한 파악은 된다.

이미 그를 두고 수많은 말과 글이 쏟아졌다. 그가 얼마나 천재적인 뮤지션이었고, 좋은 선후배이자 동료였는지, 얼마나 다정한 남편이자 아버지였으며, 동시에 용기 있는 시민이자 논객이었는지. 이렇게 과거형으로밖에 말할 수 없는 것은 그가 더는 이 세상 사람이 아니기 때문이다. 살아생전에는 팬만큼이나 안티 팬도 많았던 사람이라 그의 죽음 후에 쏟아진 상찬과 애도의 말들이 나로서는 조금 의아스럽기도 했다. 실제로 그는 모든 사람과 두루두루 잘 지내는 것에는 그다지 관심이 없었다. 오히려 그는 자신의 말에 상처를 받는 사람이 생기더라도 하고 싶은 말은 반드시 해야 직성이 풀리는 사람으로 보일 때가 있었다. 오만한 성격은 아니었지만, 이 나라의 연예인에게 강요되는 겸손이라는 미덕에 대한 그의 어깃장은 종종 잘난 척으로 표출되어 반감을 사기도 했다. 상당한 달변가였고 책도 많이 읽고 글도 잘 썼지만, 바로 그 점이 그를 더 싸가지 없게 보이도록 했다. 나 역시 그의 의견에 대부분 동감하면서도 왜 저런 식으로 말을 할까 싶은 적이 있었으니까. 한마디로 그는 대중에게 사랑받는 연예인과는 기질적으로 맞지 않는 사람이었다. 그럼에도 엄청나게 많은 사람이, 특히 내 또래들 대다수가 한낱 연예인일 뿐인 그의 죽음을 진심으로 안타까워했다. 그, 신해철(1968~2014)의 죽음을 말이다.

앞에서 줄줄 열거했던, 내가 생각하는 그의 여러 모습에 대해, 혹은 많은 이들이 그에 대해 얘기한 그의 성취와 인간적 면

모에 대해, 나는 각각의 항목으로 나누어 꽤 긴 글을 쓸 수도
있다. 하지만 나는 여기서 내가 지나온 어떤 특별했던 한순간
에 대해, 그 순간을 나와 함께했던 그에 대해서만 이야기하려
고 한다. 사실 나는 그 순간에 대해 이미 이야기한 적이 있는
데, 3년 전에 냈던 책에서 나는 이렇게 썼다. 좀 길지만 인용해
본다.

정확한 날짜까지는 기억이 안 나지만 1990년 10월 하순경
이었고, 토요일 밤이었으며, 정확히는 10시에서 11시 사이였
다. 내가 기억하는 1990년은 대략 이런 시절이었다. 방송에서
는 21세기가 10년밖에 남지 않았다며 호들갑을 떨어댔고, 나
는 중학교 3학년이었으며, 전국 모든 시·도의 중학교 3학년들
이 고등학교에 가려면 '고입선발고사(당시엔 고입연합고사)'를
치러야 했고, '대마왕' 신해철이 (놀랍게도) '아이돌 스타'였던
시절.

한창 사춘기를 겪고 있던 나를 짜증나게 만드는 상황과 인간들
은 도처에 깔려 있었지만 어디까지나 '체제 순응적' 중학교 3학
년생이었던 나는 고등학교에 화려한(?) 성적으로 입학하고 싶
은 욕심에 그날 밤 라디오를 들으며 문제집을 풀고 있었다. 내
가 그 시간에 공부에만 집중하지 않고 라디오를 들었던 이유는
오직 하나, '아이돌 스타' 신해철이 〈밤의 디스크쇼〉라는 라디

194

오 프로그램을 진행했기 때문이다. 계산해보면 당시 신해철은 겨우 스물세 살이었음에도 누구도 흉내 내기 힘든 저음의 목소리를 지닌 매우 노련한 디제이였다. 그 프로그램엔 매주 토요일마다 디제이가 에세이나 소설의 일부를 읽어주는 코너가 있었는데, 나는 그 코너를 아주 좋아했다.

사건은 그날 밤 일어났다. 별생각 없이 듣고 있었는데 갑자기 온몸에 소름이 쪽쪽 끼쳤다. 거의 한 시간을 숨도 제대로 못 쉬고 초집중해서 신해철의 목소리에 귀를 기울였던 것 같다. 신해철이 그때 그 특유의 저음으로 읽어준 글은 바로 〈무진기행〉이라는 김승옥의 단편소설이었다. 그리고 아마 그때가 처음이었을 것이다. 소설의 내용이나 주제가 아니라 '소설을 이루는 모든 문장' 하나하나가 내 마음에 꽂혀버렸던 것은.
  – 김경민,《젊은 날의 책 읽기》

어떤 순간이 인생에 무슨 의미를 남겼는지 알게 되는 것은 시간이 한참 흐른 후일 경우가 많다. 저 당시에 나는 〈무진기행〉에 꽂힌 나머지 '아! 한국어 문장을 이렇게도 쓸 수 있구나'라고 경탄하면서 생애 처음이자 마지막으로 필사를 했다. 내가 국문과에 들어간 것에 그때의 필사가 어떤 영향을 주었을까? 잘 모르겠다. 난 당시에는 물론이고 수능을 치르고 대학과 학과를 결정할 때도, 반드시 국문과에 가고 말겠다는 생각은 하지도 않았으니까. 그렇지만 이것은 분명하다. 그날 밤에 그가 읽어준 〈무진기행〉은 '나는 무엇에 희열을 느끼는 사람인가'라는 질문에 대한 답을 구함에 있어 아주 강력한 힌트가 되었다. 어쩌면 나 자신도 미처 의식하지 못했지만 그 순간의 기억으로 내 인생의 가장 중요한 선택 중 하나가 이루어졌을 수도 있다.

이 글을 쓰면서 1990년도 달력을 검색해봤다. 정확한 날짜까지는 몰라도 10월의 마지막 토요일이었음을 분명히 기억하니까 그날은 바로 10월 27일이었을 것이다. 그리고 그날로부터 정확히 24년 후인 2014년 10월 27일, 그는 세상을 떠났다. 그의 부고를 인터넷 기사 속보를 통해 접한 날 밤, 자려고 누운 내 머릿속엔 24년 전 그날 밤이 떠올랐다. 왈칵 눈물이 쏟아지면서 심장 한 켠이 물리적으로 아파왔다. 출산을 6주 앞둔 상태라 똑바로 눕지도 못하고 손으로 배를 감싼 채 나도 모르게 꺼이꺼이 소리를 내면서 울었다.

신해철이 세상을 떠나고 처음 맞는 크리스마스에 그가 생전에 썼던 글들이 《마왕 신해철》이라는 제목의 책으로 묶여 나왔다. 마치 책을 내려고 계획했던 듯, 그의 컴퓨터에는 'book'이라는 이름의 폴더가 있었고, 그 안에 들어 있던 글을 그의 아내가 정리해 출판사에 넘겼다고 한다. 시종일관 날카로우면서도 유머러스한 그의 글들을 피식피식 웃으며 읽다가, 그 책의 끝에 붙은 여러 추천사 중 하나에 새삼 마음이 무너져내렸다. 그와 24년 전에 함께 그 라디오 프로그램을 만들었던, 당시에는 라디오 작가이기도 했던 시인 허수경의 추천사였다.

> 이미 중년이 된 우리도 눈이 몹시 내리는 날, 밤골목을 혼자 걷다가 문득 우리가 청년이었던 시절을 떠올린다. 해철은 그 눈 오는 순간, 우리를 청춘의 촉수로 건드리는 이다.
> – 신해철,《마왕 신해철》

신해철이 없었더라도, 혹은 그를 몰랐거나 좋아하지 않았더라도, 나는 내 인생을 살았을 것이다. 하지만 사춘기와 대학 시절의 내게 그의 목소리가 전해지지 않았더라면, 나는 그 시간을 훨씬 더 불안하고 혼란스럽고 지루해하며 건너왔을 것이다. 그 사실 하나만으로도 나는 그에게 빚을 졌다. 이렇게 변변치 않은 글이나마 쓴 이유는 그 빚을 갚고 싶어서이다.

정말 고마웠어요. 내 청춘의 소중한 조각이었던 당신.

*
*
*

스무 살,
그 하숙방

남몰래 흘리는 눈물보다도 더 빨리 우리 기억 속에서 마르는 스무 살이 지나가고 나면, 스물한 살이 오는 것이 아니라 스무 살 이후가 온다.

– 김연수, 〈스무 살〉

김연수의 단편소설 〈스무 살〉의 세 번째 문장이자 가장 유명한 문장이다. 여기에는 어느 정도의 문학적 과장이 담겨 있다. 상식적으로 생각해봐도 한 사람의 스무 살이 열아홉 살이나 스물한 살과 다르면 뭐 얼마나 다르겠는가. 그렇지만 스무 살이란 이런 과장이 어울리는 나이다. 저 위의 문장 바로 다음에 이어지는 문장은 다음과 같다.

> 내가 스무 살이 된 건 1989년이었다.
> - 김연수, 〈스무살〉

이 소설의 작가인 김연수는 1989년도에 대학에 입학했다. 이 나라의 공교육 입학 연령과 학제는 태어나자마자 한 살 먹는 나이 셈법과 합해져 많은 이들을 스무 살에 대학생으로 만든다. 이것 하나만으로도 스무 살은 특별할 수밖에 없다. 물론 재수를 하거나 만학도로 늦게 대학에 가거나, 반대로 더 이른 나이에 입학할 수도 있겠지만 스무 살과 대학 신입생의 이미지는 대체로 겹친다. 나는 생일이 9월임에도 일곱 살에 초등학교에 들어가는 바람에 열아홉 살에 대학생이 되었지만, 이런 생물학적 나이와는 상관없이 대학 1학년 때 스스로를 스무 살이라고 생각했다. 〈스무 살〉은 읽는 이로 하여금 자신의 스무 살에 대해 써보고 싶게 만드는 매력이 있는데 그런 의미에서 나도 따라서 써본다면,

내가 스무 살이 된 건 1994년이었다.

1994년에 나는 대학에 입학했고, 실제로는 열아홉 살인 스

무 살이었다. 처음으로 가족과 떨어져 내가 생활했던 곳은 학교 근처 하숙집이었다. 드라마 〈응답하라 1994〉(이하 〈응사〉)와 딱 일치하는 시공간적 배경이었다. 동물이건 사람이건 남의 짝짓기에는 그다지 관심이 없는 나로서는 일명 '응답하라 시리즈'의 핵심 플롯인 '남편 찾기'가 그다지 흥미진진하지 않은 지라 이 〈응사〉도 좀 보다가 중반 이후에는 심드렁해졌다(물론 캐릭터들이 특별히 매력적이거나 그들의 감정을 다루는 방식이 각별히 섬세하고 새로운 면이 있다면 난 언제나 열광할 준비가 되어 있지만, 안타깝게도 〈응사〉는 나에게 그런 작품은 아니었다). 그럼에도 초반에 열심히 시청한 이유는 내가 94학번이고, 하숙집에서 생활했기 때문이다. 텔레비전을 보면서 '아, 이 드라마는 두 가지 판타지를 주축으로 삼고 있구나'라는 생각을 했다. 상대적으로 평범하다고 볼 수 있는 여주인공이 최고 스펙을 지닌 두 남자(천재 의대생과 대학 야구 최고의 투수)의 사랑을 동시에 받는다는 설정이 그 하나요, 다른 하나는 바로 공간적 배경인 하숙집 자체이다. 하숙을 치는 일은 그 규모가 크건 작건 간에 굉장히 고되다. 여러 사람의 식사를 매일 준비하는 일을 취미로, 재미 삼아 하는 사람이 과연 있을까. 하숙을 치는 것은 취미가 아니라 엄연히 생계를 위한 직업이며, 생활력이 강하고 검약이 몸에 배어 있는 아주머니들이 하는 경우가 많다. 그러다 보니 노는 공간 따위는 하숙집에 있을 수 없다. 조금의 공간이라도 생기면 곧장 하숙방이 된다. 〈응사〉에 나오는 잔디 깔린 마당이나 널찍한 테라스는 어디까지나 판타지라는 이야기이다. 그렇다고 해서 내가 이 판타지를 싫어하지는 않는다. 나정이의 남편이 쓰레기인지 칠봉이인지에는 별 관심이 없었지만, 그 환상적인 하숙집은 〈응사〉를 보게 하는 유일한 동력이 되었다.

드라마는 어디까지나 드라마고, 내가 대학 첫 학기를 보낸 실제 하숙방에는 이불과 옷을 넣을 수 있는 붙박이장과 책상 두 개가 있었고, 두 명이 이불을 펴고 누우면 딱 맞는 빈 공간이 있었다. 한마디로 아주 작은 방이었다. 그나마 이불을 다 펴려면 의자를 책상에 올려야 했다. 그래도 그럭저럭 괜찮았다. 하숙집 아주머니가 차려주시는 밥은 〈응사〉에 나오는 진수성찬은 아니었지만 학교의 학생식당 밥에 비하면 감지덕지할 수준은 되었고, 〈응사〉에 나오는 인물들처럼 서로 죽고 못 사는 사이는 아니었지만 하숙집 멤버들과도 재미나게 지냈다. 유일한 문제가 있다면 내 고등학교 동창이기도 한 룸메이트였다. 그 친구가 문제 있는 성격이었다는 말은 아니다. 사실 그녀는 나에 비하면 매우 성실하고 열정적인 학생이었다. 다만 나와 묘하게 맞지 않은 면이 있었고, 나는 그 점이 불편했을 따름이었다. 영문과 전공이었던 그 친구는 자신의 영어 실력이 과에서 상위권이 아닌 것 같다며 괴로워했다. 시험 기간이 아님에도 새벽부터 도서관에 가서 학과 공부를 하는 대학 신입생은 적어도 1994년에는 아주 희귀한 존재였다. 시험 기간에는 극도로 예민한 고3짜리 딸을 둔 엄마의 역할이 나에게 주어졌다. 아주 높은 성취 기준을 스스로 정해놓고 전력투구를 하는 룸메이트가 나는 불편했고, 그런 그녀에게서 하루라도 빨리 벗어나고 싶었다. 웬만하면 아주 자연스러운 방식으로. 싸움은커녕 표면적인 갈등도 전혀 없는, 겉으로는 아주 평화로운 사이였기에 안 좋게 헤어지고 싶지는 않았다. 다행히 성공했다. 어느덧 한 학기가 끝났고, 나는 여름방학을 부모님이 계신 집에서 보냈고 그 친구는 그 방에 계속 있게 되었는데(공부를 해야 했으므로!), 개학 즈음에 나는 지금은 기억도 나지 않는 어떤 적당한 핑계를 만들어 하숙집과 룸메이트를 바꿨다.

　싸우고 헤어진 것이 아니므로 그 친구와는 가끔 연락을 했다. 연락은 자연스럽게 뜸해졌는데, 어쩌다 보니 대학 졸업을 앞둔 1998년 초에 〈8월의 크리스마스〉라는 영화를 함께 보았다. 영화를 보고 나서 밥을 먹으며 우리는 앞으로 뭐하며 살 것인가에 대해 이야기했다. 난 그녀가 당연히 대학원에 진학하거나 유학을 갈 줄 알았다. 그녀는 결국 과 수석이 되었고, 우수한 성적 덕분에 장학금까지 받으며 미국 유명 대학에 교환 학생으로 다녀오기도 했으므로. 어느 순간 꿈도 영어로 꾸는 데다가 가끔은 영어로 먼저 생각을 한 후 우리말로 번역할 때가 있다며 고충을 토로했을 정도였다. 그런데 그녀는 영어와는 상관없는 일을 하고 싶다는 의외의 말을 했다. 이유는 교환 학생을 갔더니 아무리 열심히 해봤자 자신에게 영어는 외국어일 뿐, 그 말을 모국어로 하는 사람의 차원에는 오를 수 없다는 사실을 깨달았기 때문이라고 했다. 자신은 이틀 동안 꼬박 읽어야 하는 장편소설을 그들은 서너 시간이면 읽더라면서. 외국어가 아닌 모국어를 전공한 나로서는 그저 어안이 벙벙해지는 이유였지만 그녀답다는 생각이 들기도 했다. 그러고는 한동안 연락이 없다가 2년 후에 우연히 길에서 보게 되었다. 반가운 마음에 근처 커피숍에 들어가 잠깐 이야기를 했는데, 그녀는 외국계 은행에 취직해 잠시 다니다가 그만두고 지금은 사법고시 준비를 하고 있다고 했다. 당시 직장 생활이라고는 해본 적도 없는 대학원생이던 나로서는 여전히 그녀의 선택이 놀라웠지만, 이 역시 그녀답다는 생각을 했다. 그리고 그것이 마지막 만남이었다.

살면서 그녀 생각을 전혀 안 했던 것은 아니다. 가끔씩 무엇을 하고 사나, 사법고시는 합격했을까 궁금하기도 했다. 그렇게 잠깐씩 궁금해하다가 잊어버렸다. 간절하게 궁금했으면 바뀐 연락처를 알아봤을지도 모른다. 고등학교 동창이니 몇 다리만 건너면 그다지 어렵지 않게 알 수도 있었겠지. 2011년 봄즈음에 갑자기 그녀 소식이 궁금해졌는데, 또 그렇게 궁금해만

하다가 지나갔다. 그리고 그해 6월, 모교에 놀러 갔다가 한 선생님에게 그녀가 몇 달 전에 자살했다는 소식을 들었다. 오랜 기간 고시 공부를 했으나 뜻대로 되지 않았던 것이 그 이유 같다는 말과 함께. 정말이지 이 선택만큼은 그녀답지 않다고 생각했다. 아니, 어쩌면 나는 그녀를 잘 모르지 않았을까. 그녀답고 그녀답지 않고는 어디까지나 내가 멋대로 만든 편견이었을 뿐, 나는 그녀가 진짜로 어떤 사람이었는지 진심으로 궁금하지 않았던 것이 아닐까. 마치 연락처를 알아보려다 그만둔 딱 그만큼의 수준으로.

그녀의 소식이 궁금하던 몇 달 전에 만일 전화번호를 수소문해서 연락했더라면 어땠을까. 이는 부질없는 상상에 가깝다. 나는 그녀에게 그렇게 영향력이 있는 사람이 아니었다. 그래도 그 당시에 그녀가 극도의 고립감 속에 있었다면, 누군가가 자신을 찾아줬다는 사실 자체만으로도 힘이 나지 않았을까. 그랬다면 그런 선택을 하지 않았을 수도 있지 않았을까. 아주 만약이지만 말이다. 희미하기도 하고 분명하기도 한 어떤 죄책감이 한동안 가슴을 짓눌렀다.

생에서 단 한 번 가까워졌다가 멀어지는 별들처럼 스무 살, 제일 가까워졌을 때로부터 다들 지금은 너무나 멀리 떨어져 있다. 이따금 먼 곳에 있는 그들의 안부가 궁금하기도 하다. 이 말

역시 우스운 말이지만, 부디 잘 살기를 바란다. 모두들.

　– 김연수, 〈스무 살〉

　김연수의 〈스무 살〉은 이렇게 끝난다. 내 마음도 같다. 얼굴도 이름도 이젠 가물가물하지만 부디 잘 살기를 바란다. 모두들.

＊
＊
＊

서른다섯 살,
어쩌다 어른

소설가 김영하가 쓴 《랄랄라 하우스》에는 〈35세〉라는 제목의 짧막한 산문이 있다. 그는 자신이 아는 한 일간지 기자로부터 '나의 장래희망은 에베레스트 등반'이라는 말을 듣고는 일간지에 에베레스트 사고 소식이 날 때마다 유심히 들여다보다가 한 가지 이상한 사실을 발견했다고 한다. 바로 사망자 중에 유독 35세 남자가 많다는 것이다. 그는 암벽등반을 하는 친구에게 그 이유를 물어보는데 그 친구의 대답은 이렇다.

"에베레스트에 가려면 돈이 많이 들지. 입산료만 해도 1000만 원이 넘을 걸? 장비 사야지, 비행기표 끊어야지, 셰르파도 고용

해야지, 여하튼 거기 가려면 돈을 많이 벌어야 한다는 말씀. 늘어가는 경제력과 줄어드는 체력이 딱 만나는 지점이 바로 35세쯤인 거야. 20대부터 직장을 다니며 돈을 모아 35세가 되면 네팔로 가서 오랜 꿈을 실현하게 되는 건데, 불행히도 몸이 안 따라주니까 사고가 나는 거야."

  - 김영하, 《랄랄라 하우스》

이미 '만 35세'까지 지난 나로서는 좀 슬퍼지는 이 글을 읽고, 내 나름대로 서른다섯 살에 대한 생각을 해봤다.

홀든 콜필드.

제롬 데이비드 샐린저가 1951년에 발표한 소설 《호밀밭의 파수꾼》의 주인공 이름이다. 미국 현대소설에 등장하는 수많은 인물 중에서 아마도 가장 유명한 사람일 그는 반항기 가득한 열여섯 살 소년이다. 홀든 콜필드는 다니던 고등학교에서 퇴학을 당한 후 여기저기 방황을 하다가 부모 몰래 자신의 집에 잠깐 들른다. 그가 유일하게 애정을 갖고 있는 인물인 여동생 피비를 보기 위해서이다. 그는 이렇게 말한다.

생각해 보니, 그 애를 보는 것도 이번이 마지막이 될지도 모르는 일이었다. 피붙이를 만나는 일은. 언젠가는 다시 만날 수 있을지 모르겠지만, 당분간은 어려울 것이었다. 한 서른다섯 살쯤 되면 돌아오게 될지도 몰랐다.

- 제롬 데이비드 샐린저,《호밀밭의 파수꾼》

홀든 콜필드에게 서른다섯 살은 아마도 기성세대의 기점 같
은 것이 아니었을까 싶다. 나 역시 이 소설을 처음 읽었던 열다
섯 살 무렵에는 서른다섯 살이 된 나를 상상하기 힘들었다. 당
시 나에게 서른다섯 살은 완전히 '아저씨, 아줌마'였으니까. 아
줌마가 되어버린 자신을 상상하기란, 열다섯 살의 소녀에게는
살짝 불쾌한 일이었다.

그땐 그랬거나 말거나 시간은 여지없이 흘렀고, 난 어느새
서른다섯 살이 되어 있었다. 말 그대로 '어쩌다 어른'이 된 것
이다. 얼마 전 서점에 갔다가《어쩌다 어른》이라는 제목의 책
을 발견했는데, 바로 그날 밤에 한 케이블 채널에서 똑같은 제
목의 토크쇼를 보게 되었다. 재미있는 우연의 일치라는 생각이
들면서 참 잘 지은 제목 같았다. 이 세상에 단단하게 작심하고
철저하게 준비해서 어른이 되는 사람이 얼마나 있겠는가. 다들
'어쩌다 보니' 어른이 되고, '내가 언제 이렇게 나이를 먹었나'
싶은 당혹감에 멍해지는 순간이 있지 않았던가. 나 역시 서른
다섯 살이 되던 새해 아침, 양치하며 거울을 보다가 이제 빼도
박도 못하는 아줌마가 되었나 싶었다.

그런데 그해에 내 인생에서 중요하고 의미 있는 사건이 벌어

졌다. 난 서른네 살에 8년간의 교사 생활에 마침표를 찍었다. 분명 내가 원해서 낸 사직서였지만 아무런 상실감도 없었다면 거짓말이다. 그만둔 이유에는 육아를 비롯해 여러 현실적 문제들이 있었을 뿐, 적어도 나는 수업 자체를 지겨워한 적은 없었다. 가끔은 힘들 때도 있었지만 대체로 가르치는 일은 내 적성에 맞는 편이었다. 직장을 그만두니 책 읽을 시간이 많아지고 아이 맡기는 문제로 동동거릴 일이 없어져서 좋았지만, 결국은 원상복귀 시키는 일인 각종 가사 노동과 오늘은 뭘 해먹지를 고민하느라 매 끼니 머리를 싸매는 시간은 그다지 즐겁지 않았다. 그렇게 꼬박 1년을 보낸 어느 날, 서울에 볼일이 있어 KTX를 탔는데 내 좌석 앞에 《내 책 쓰는 글쓰기》라는 책이 꽂혀 있었다. 내가 대전역에서 기차를 탔으니 부산이나 대구에서 탑승한 승객이 깜빡하고 놓고 내린 듯했다. '이런 책도 있네?'라며 무심히 펼친 그 책을 나는 서울에 도착하는 한 시간 동안 미친 듯이 몰입하며 다 읽어버렸다. 그러고는 기차에서 내린 후, 서울역사로 올라가는 에스컬레이터에서 이런 결심을 했다.

"그래, 내 책을 쓰는 거야!"

책을 쓰고 싶다는 욕망이 그 순간에 갑자기 생긴 것은 아니었다. 직장을 그만둔 후, 글을 쓰고 싶다는 생각을 막연하게는 했었다. 문제는 그 생각이 어디까지나 막연하다는 데 있었다.

그런데 거짓말처럼 그날, 그 기차의 내 좌석 앞에 누군가 놓고 내리는 바람에 내 손에 들어온 한 권의 책에는 그 막연함을 현실로 인도하는 구체적인 방법과 절차에 대한 팁이 있었다. 나는 저자가 알려주는 대로 기획안을 만들어보았고, 한 출판사로부터 책을 내자는 연락을 받았다.

1년이 지나고 나는 '만 35세'에 첫 책을 내게 되었다. 그때 받은 느낌을 한 줄로 요약하면 '나도 어른이 되었다'라는 뿌듯함이었다. 나이를 먹어서가 아니었다. 태어나 처음으로 내가 '진실로 원하는 것'을 얻기 위해 끝까지 최선을 다했기 때문이었다. 부끄러운 일이지만 그전까지 나는 내가 진짜로 무엇을 원하는지 몰랐고, 알기 위해 굳이 애쓰지도 않았다. 학생들한테도, 내 아이한테도, 최선을 다하고 있다고 생각했지만 어디까지나 내가 그렇게 믿고 싶었을 뿐, 최선을 다하는 선생과 엄마로 남들에게 비춰지고 싶은 속물적 욕망이 컸다. 하지만 그 책을 쓸 때만큼은 나를 감싸고 있던 나태와 대충주의, 남들의 시선, 비교 심리, 용두사미 근성, 자기변명과 자기 연민, 합리화와 책임회피 등에서 자유로울 수 있었다. 글쓰기가 잘 풀리지 않을 때는 미치도록 괴로웠지만, 그 자유가 주는 힘이 더 컸기에 견딜 수 있었다. 그 자유의 맛은 가히 중독적인 수준이었다.

*
*
*

마흔 살,
솔개의 선택

솔개는 수명이 긴 편에 속하는 새로 약 70~80년을 살 수 있다고 한다. 단, 솔개가 그 정도로 살기 위해서는 어떤 특별한 시간을 보내야만 한다. 솔개가 40년 정도를 살게 되면 부리는 구부러지고, 발톱은 닳아서 무뎌지고, 날개는 무거워져 날기도 힘든, 말하자면 목숨은 붙어 있으되 맹금류의 위엄은 상실한 상태가 된다. 이때 솔개는 어떤 선택을 한다. 바위산으로 날아가 둥지를 틀고 가장 먼저 자신의 부리로 바위를 마구 쪼아댄다. 자신의 구부러진 부리가 바위를 쪼느라 완전히 닳아 없어질 때까지. 그러면 그 자리에 튼튼한 새 부리가 자란다. 솔개는 그 새 부리로 이제는 자신의 닳아빠진 발톱을 하나하나 뽑기 시작하는데, 그래야 새로운 발톱이 나오기 때문이다. 마지막으로 솔개는 새 깃털이 날 수 있도록 이미 무거워진 깃털을 모두 뽑아버린다. 이 모든 과정은 대략 130일 동안 이루어진다고 하는데, 이 고통스러운 130일을 보내야 솔개는 새로운 40년의 삶을 더 살 수 있다.

어디선가 솔개의 이 '갱생(?) 스토리'를 읽자마자, 내 머릿속엔 한 사람의 생애가 떠올랐다. 다산 정약용. 그가 무려 18년에 이르는 기나긴 유배 생활을 시작했을 때는 그의 나이 40세였다. 지금과 같은 100세 시대가 아닌, 살아서 환갑을 맞는 것이 큰 사건이던 200여 년 전이다. 그때 살았던 남자에게 나이 마흔에 기약 없는 유배를 간다는 것은 어떤 의미였을까? 이미 집안은 풍비박산이 났고, 자신은 고향과 가족을 떠나 천 리 타향에서 살아야 한다. 자신을 이렇게 만든 정적들과 운명을 저주하거나, 자포자기의 심정으로 술에 절어 죽을 날을 기다려도 전혀 이상하지 않은 상황이었다. 그런데 그는 모두 알다시피 '반전의 인생 드라마'를 썼다. 18년 동안, 한 사람이 했다고는 도저히 믿을 수 없을 정도의 실로 방대한 연구와 저서를 남겼고, 무려 35년을 더 살았다.

다산이 유배 첫해에 쓴 〈수오재기守吾齋記〉라는 글이 있다. '나를 지키는 집에 관한 기록'이라는 의미의 이 짧막한 산문은 고등학교 문학 교과서에도 실려 있을 만큼 유명한 글인데, 대략 이런 내용이다. 다산은 큰 형(정약현)이 자신의 서재 이름을 수오재守吾齋, 즉 '나를 지키는 집'이라고 붙였음에 의아해한다. "나와 단단히 맺어져 서로 떠날 수 없기로는 '나'보다 더한 것이 없다. 비록 지키지 않는다 한들 '나'가 어디로 갈 것인가. 이상한 이름이다"라고 생각한다. 그런데 그는 귀양 온 이후 홀로 지내며 깊게 생각을 하다가 그 의문을 해결한다.

천하 만물 중에 지켜야 할 것은 오직 '나'뿐이다. 내 밭을 지고 도망갈 사람이 있겠는가? 그러니 밭은 지킬 필요가 없다. 내 집을 지고 달아날 사람이 있겠는가? 그러니 집은 지킬 필요가 없다. (중략)
그러나 유독 이 '나'라는 것은 그 성품이 달아나기를 잘하며 출입이 무상하다. 아주 친밀하게 붙어 있어 서로 배반하지 못할 것 같지만 잠시라도 살피지 않으면 어느 곳이든 가지 않는 곳이 없다. 이익으로 유혹하면 떠나가고, 위험과 재앙으로 겁을 주면 떠나가며, 질탕한 음악 소리만 들어도 떠나가고, 미인의 예쁜 얼굴과 요염한 자태만 보아도 떠나간다. 그런데 한번 떠나가면 돌아올 줄 몰라 붙잡아 만류할 수가 없다. 그러므로 천하 만물 중에 잃어버리기 쉬운 것으로는 '나'보다 더한 것이 없다.
  - 정약용, 《다산의 마음》

그러면서 그는 이렇게 자신을 성찰한다. '나는 '나'를 허투루 간수했다가 '나'를 잃은 사람'이라고. 위의 글은 엄혜숙 교수가 번역하고 편집한 정약용 산문 선집인 《다산의 마음》에 수록된 것을 인용했다. 이 책에 실린 다산의 글들 말미에는 번역자의 짤막한 코멘트가 실려 있는데, 이 글에 대한 코멘트는 아래와 같다.

다산의 인생에서 분기점이 되는 글이다. 신유박해 이후 다산은 18년에 걸친 유배 생활을 하게 된다. 이때 그의 나이 40세였다. 외견상 그의 삶은 끝났다. 어떤 희망도 없었다. 그런데 오히려 다산은 지나간 40년의 인생이 진정한 나를 잃어버리고 살았던 시간임을 홀연 깨닫는다. 이제 진정한 나를 찾을 수 있는 기회가 주어진 것이다. 그런 깨달음은 지독한 고통과 고독과 자기 응시 속에서 이루어진 것이었다. 어떻게 살아야 하는가? 어떻게 해야 참된 나로서 살아가는 것인가? 그 답을 향해 가는 도정이 이후 그의 삶이기도 하다.

– 정약용, 《다산의 마음》

앞에서도 언급했듯이 다산이 남긴 저술은 어마어마한 양이며, 그 범위 또한 문학, 철학, 정치, 경제, 역사, 지리, 과학, 의학 등 거의 모든 분야에 걸쳐 있다. 내가 읽은 그의 글은 한시漢詩

들, 요즘의 장르 분류로 치면 에세이나 정치평론들, 가족이나 친구에게 보낸 편지들 중 일부에 불과하다. 빙산의 일각이라고 말하기도 부끄러운 수준이다 보니 이런 글을 쓰기도 좀 주제넘다는 느낌이 든다. 다산에 대해 알면 얼마나 안다고 그의 삶이 어쩌고저쩌고한다는 말인가. 그런데도 그에 대해 이런 어쭙잖은 글이나마 남기는 까닭은 그의 생애에서 진정한 부활의 감동을 느끼기 때문이다. 그는 과감히 솔개의 그 지독하고도 찬란한 선택을 했던 것이다. 나이 마흔에.

*
*
*

도서관
천국

나는 내 운명이 읽고 꿈꾸는 것임을 알았어요. 어쩌면 글을
쓰는 것도 포함되겠지만, 글쓰기는 본질적인 게 아니에요. 그리
고 나는 늘 낙원을 정원이 아니라 도서관으로 생각했어요.

　- 호르헤 루이스 보르헤스, 《보르헤스의 말》

　대학에 입학하고 3일 후, 처음으로 학교의 중앙도서관을 가
보았다. 서고에 꽂혀 있는 엄청난 분량의 책들을 보는 순간, 비
로소 대학생이 되었다는 실감이 났던 것 같다. 그날 이후로 나
는 책가방 속에 항상 신문지를 넣고 다녔다. 서고 안에 비치된
의자 수는 너무 적었고, 바닥은 차가웠기 때문이다. 신문지를

8절지 크기로 접어 바닥에 깔고 가부좌 자세로 앉은 후, 대충 손에 잡힌 책들을 읽다가 끝까지 읽고 싶으면 대출을 했다. 대학에 입학해 처음으로 대출한 책은 두 권이었고, 둘 다 릴케의 책이었다.

거의 누구에게나 고독을 버리고 아무하고나 값싼 유대감을 맺고 싶고, 마주치는 첫 번째 사람, 전혀 사귈 가치조차 없는 사람과도 자신의 마음을 헐고 하나가 된 듯한 느낌에 빠지고 싶을 때가 있기 마련입니다…

그러나 그때가 바로 고독이 자라나는 시간입니다. 왜냐하면 고독의 성장은 소년들의 성장처럼 고통스러우며 막 시작되는 봄처럼 슬프기 때문입니다. 그러나 여기에 현혹되지 마십시오. 꼭 필요한 것은 다만 이것, 고독, 즉 위대한 내면의 고독뿐입니다. 자신의 내면으로 걸어 들어가 몇 시간이고 아무도 만나지 않는 것, 바로 이러한 상태에 이를 수 있도록 노력해야 합니다.

  - 라이너 마리아 릴케, 《젊은 시인에게 보내는 편지》

당시에 내가 대출했던 책이 누가 번역해 어느 출판사에서 낸 버전인지는 기억나지 않지만, 저 대목을 반복해서 읽었던 기억은 선명하다. 그렇다고 내가 릴케의 조언처럼 행동했던 것은 아니었다. 오히려 그 반대에 가까웠다. 나는 그때 '값싼 유대감'에 취해 아무하고나 '마음을 헐고 하나가 된 듯한' 느낌에 가장 잘 빠지기 쉬운 대학 신입생이었다. 술을 잘 마시는 것이 마치 좋은 인성과 유능함의 척도이기라도 되는 듯한 웃기는 분위기 속에서 나는 그럭저럭 잘 적응하고 있었다. 알고 보니 나는 술이 꽤 센 체질이었다. 그러면서도 '위대한 내면의 고독'이 정확히 무엇인지도 모른 채 그것을 열망했고, 그것을 갖기 위해서는 구체적으로 어떻게 해야 하는지 미치도록 궁금했다.

다른 한 권은《말테의 수기》였다. 사실 난 이 책을 도서관 책과 동일한 출판사 버전으로 갖고 있었다. 서울까지 갖고 올라온 몇 안 되는 책 중 하나였다. 그런데도 굳이 빌린 이유는 나보다 먼저 이 책을 빌린 사람들은 과연 어디에 밑줄을 쳤을까 궁금했기 때문이었다. 자신의 책도 아닌 대출한 책에 밑줄을 긋거나 이런저런 메모를 적어놓는 태도는 분명 매너 없는 짓이었으나, 당시에는 도서관의 책들 대부분에 그런 흔적이 있었다.

나는 보는 법을 배워야겠다. 왜 그런지는 알 수 없으나 모든 것이 내 마음속 깊이 파고들어와 여느 때 같으면 끝장이 나고는 하던 그곳까지 와서도 멎지를 않는다. 나에게는 나도 알지 못했던 깊은 속이 있는 모양이다. 모든 것이 지금 그 깊은 속을 향해

들어가고 있다. 거기서 무슨 일이 일어날지 나는 도저히 짐작할
수 없다.

      - 라이너 마리아 릴케,《말테의 수기》

   지금도 내 책장 한구석에 꽂혀 있는 이 책은 강두식 교수가
옮기고 '주식회사 어문각'에서 1986년에 출간한 것으로, 가격
은 1,800원으로 적혀 있다. 도서관의 책과 내 책에 공통으로
밑줄이 쳐진 부분들 중 맨 처음이 저 위에 인용한 대목이다. 내
가 그때 어떤 마음으로 저 대목에 밑줄을 쳤는지는 잘 모르겠
다. 지금 읽으니 살짝 알쏭달쏭하다. 이것보다 미끈한 형태로
민음사에서 낸 책에는 저 대목이 이렇게 번역되어 있다.

   나는 보는 법을 배우고 있다. 왜 그런지 모르겠으나, 모든 게
지금까지보다 더 내면 깊숙이 파고들어 과거에는 항상 끝났던
곳에 이제 머물러 있지 않는다. 옛날에는 알지 못했던 깊은 내
면이 생겼다. 이제 모든 게 그곳으로 간다. 거기에서 무슨 일이
일어나는지 나는 모르겠다.

      - 라이너 마리아 릴케,《말테의 수기》

   '보는 법'이라……. 생각해보니 그 당시 가장 갖고 싶은 능력
이기도 했다. 그런데 대체 무엇을, 어떻게 본다는 말인가. 이미

12년 동안 학교에 다녔지만 그런 것은 배운 적이 없었다. 릴케의 말에 따르면 고독이든 보는 법이든 내면에서 자라난다는데, 그 내면은 또 어떻게 만든다는 말인가.

여전히 그리 크지도, 탄탄하지도 않지만 20년 전에 비하면 지금은 내면이랄 것이 생기긴 했다. 비록 '위대한 내면의 고독'을 완성하지도 못했고, '보는 법'도 아직 배우는 과정에 있지만, 그래도 이만큼이라도 진도를 나가게 만든 곳은 도서관이었다. 매뉴얼이나 전담 교사는 없었지만, 도서관이라는 공간의 공기는 내가 조금씩 천천히 내면을 만들어가게 도와주었다.

언젠가 천국에 다녀왔다고 주장하는 사람의 글을 읽은 적이 있다. 그는 천국에는 궁전이 있는데, 그곳은 벽과 바닥이 온통 황금으로 되어 있다고 했다. 그것을 읽자마자 나는 그가 사기꾼임을 바로 알 수 있었다. 그곳이 정말 천국이라면 대체 황금으로 무엇을 할 수 있으며, 무엇을 살 수 있다는 말인가. 괜히 눈만 부시고 추워서 난방비만 많이 들지. 내가 생각하는 천국은 보르헤스의 말처럼 도서관이다. 한 사람의 내면을 만들어줄 수 있는 곳, 고독이 자라나고 보는 법을 배울 수 있는 그곳.

*
*
*

서점,
에로틱한 독서 공간

    대전의 큰 책방 계룡문고는 그냥 보통 책방이 아니라 지역 독서문화네트워크 같은 곳이다. 서점 주인 이동선씨는 대전 일원의 독서공동체 사람들, 동네 주민들, 학생들을 대상으로 오랫동안 독서운동을 펼쳐온 분이다. 근방의 중고등학교들이 요청하면 그는 책도 보내주고 독서프로그램도 지원한다. 모두 자기 주머니 털어서 하는 일이다.

   – 도정일,《별들 사이에 길을 놓다》

    도정일 선생의 산문집《별들 사이에 길을 놓다》의 서문 중 일부이다. 이어지는 선생의 말에 따르면 이 책은 윗글에 등장하는 서점 주인 이동선 씨의 요청으로 세상에 나왔다고 한다.
나는 한 서점에서 위의 저 네 문장만 읽고는 곧바로 이 책을
계산대로 가져갔다. 내가 서 있던 그곳이 바로 '계룡문고'였기
때문이다. 계룡문고는 내가 사는 집에서 차로 15분이면 갈 수
있는 비교적 가까운 거리에 있다. 규모가 큰 편이기는 하지만
서울의 대형서점들에 비할 바는 아니다. 그 대신 아기자기하
고 색다른 분위기가 있어서 꼭 책을 사지 않아도 둘러보기만
해도 재미가 있는 공간이다. 갓난쟁이를 키우느라 통 못 가다
가 얼마 전 오랜만에 들렀는데, 서점 한구석에 중고 책을 판매
하는 공간을 따로 만들어둔 것이 아닌가. 서점 안에 별도의 공
간으로 헌책방을 만든 발상도 놀라웠지만, 그 공간 입구에 내
걸린 간판을 보고는 살짝 감동했다. 그 서점 속의 서점 이름은
필시 《노란 불빛의 서점》이라는 책 제목에서 따왔을 '노란 불
빛의 책빵'이었고, 나는 그 작명 또한 계룡문고답다는 생각을
했다.

　《노란 불빛의 서점》의 저자 루이스 버즈비는 지독한 탐서가
이자 서점 마니아이다. 그는 서점 직원과 출판사 외판원으로
17년을 살았는데, 이 책에서 책과 서점에 관한 자신만의 추억
과 사랑, 널리 알려지지 않은 일화와 역사적 사실을 흥미진진
하게 풀어놓는다. 이 책에서 내가 특히 공감했던 지점은 서점
이라는 공간이 가진 은근한 에로틱함에 대한 부분이다.

서점은 워낙 여러 곳에서 매혹을 발산하기 때문에 왠지 우리도 시간을 내어 그곳을 천천히 둘러봐야 할 것 같다. 우리는 서가를 맨 꼭대기에서부터 아래까지 샅샅이 훑어 내려간다. 주위에 있는 고객들을 둘러보기도 하고, 열린 문틈으로 갑자기 불어닥친 차가운 비바람에 흠칫 몸을 떨기도 한다. 정말로 원하는 게 무엇인지는 잘 모르는 채로 말이다. 그런데 거기! 그 수북한 테이블 위에, 혹은 서가 맨 아래칸에 먼지를 잔뜩 뒤집어쓴 채 숨어 있는 책 한 권을 만난다. 범상하기만 한 이 물건을!

　– 루이스 버즈비,《노란 불빛의 서점》

비유하자면 내게 도서관은 오래되고 편안한 친구, 혹은 10년 이상 같이 산 부부 같다. 거기에서 나는 얼마든지 노숙자마냥 널브러질 수도 있다. 그 친구 혹은 배우자도 그런 나를 그냥 그런가 보다 할 것이다. 반면 서점은 만난 지 얼마 되지 않는 이성 같다. 그 이성에게 잘 보이고 싶고, 그 이성도 나에게 잘 보이고 싶을 때 피어나는 묘하면서도 팽팽한 긴장감과 설렘이 그곳에는 있다. 나는 그곳에서 자기 딴에는 한껏 꾸민 그 이성을 직접 만져보고 그의 속내를 조금이라도 알아차리려 한다. 내 집에 데려올지 말지를 결정해야 하기 때문이다. 결정하고 값을 치른 후 집에 데려와 내 책장에 꽂는 순간, 그 이성은 나만의 것이 된다. 그러기에 불가피한 사정이 있지 않은 한, 난 그곳에 반드시 혼자 간다.

> 이 특별한 책은 5000부 혹은 5만 부 혹은 50만 부씩 세상을
> 돌아다니고 있을지도 모른다. 정확히 똑같은 내용으로 말이다.
> 그러나 지금 마주친 바로 이 책은 오롯이 우리를 위해서만 세상
> 에 나온 양 귀하기가 말로 다 할 수 없다. 자, 첫 장을 열어보라.
> 눈앞에 온 우주가 펼쳐진다. "옛날 옛적에……"
> – 루이스 버즈비,《노란 불빛의 서점》

《노란 불빛의 서점》에 기대어 서점에 대한 예찬을 주절주절
늘어놓았지만 그 예찬이 무색하리만치 요즘 나의 책 구매 패
턴은 '반서점적'이다. 어느 시점부터 구매하는 책의 80~90퍼
센트는 온라인 서점을 통하고 있기 때문이다. 온라인이 아닌
진짜 서점에 자주 가고 싶기는 하지만 여러 현실적 이유로 마
음만큼 몸이 따라주지 못한다. 더구나 아직 아이가 어린 경우
는 함께 가봤자 설렘과 결합한 긴장이 아니라 다른 종류의 긴
장을 해야 한다. 그럼에도 서점에 가고 싶고, 가야 하는 이유는
그곳이 마트나 백화점이 아니라 바로 서점이기 때문이리라.

네모 반듯한 서가에 책들이 빼곡 들어찬 날 아침의 고요한 분
위기에 잠기는 순간, 나는 서점이란 게 그저 단순한 가게가 아

님을 깨닫는다. 한 서점이 문을 열면 나머지 세계의 온갖 물상들이 그 문 안으로 들어간다. 그날의 날씨며 뉴스, 고객들, 책 상자들과 그 속에 들어 있는 수많은 세계들이 말이다. 사실과 진실에 관한 책, 새로 쓰인 책, 몇 세기 전에 처음 읽힌 책, 당대를 주름잡았던 위대한 책, 말할 수 없이 통속적인 책, 그 한가운데 서 있노라면 "옛날 옛적에"로 시작하는 이야기를 한 보따리 풀어낼 수도 있으리라.

    - 루이스 버즈비, 《노란 불빛의 서점》

명령이나 충고밖에 할 줄 모르는 사람은 매력이 없다(매력만 없나? 재수도 없다). 매력은 자고로 '이야기'를 재미있으면서도 새로운 방식으로 할 줄 아는 사람에게 있다. 서점에는 매력적인 사람과 그 매력을 알아보는 사람이 다른 공간에 비해 많다.

    무엇보다 중요한 조건은 책이 에로틱한 독서 공간으로 독자를 유혹할 수 있어야 한다는 것이다. 에로틱한 독서 공간이란 마음은 뜨겁게 불타오르는데 몸은 조용히 가라앉는 곳을 가리킨다.

    - 루이스 버즈비, 《노란 불빛의 서점》

'마음은 뜨겁게 불타오르는데 몸은 조용히 가라앉는' 그곳,

따뜻하면서도 에로틱한 느낌의 '노란 불빛'이 새어 나오는 그
곳에 오늘도 나는 가고 싶다.

*
*
*

아직도 지하철에는
책을 읽는 사람이 있다

　중국 송宋나라 때의 문장가 구양수는 글쓰기에 대해 생각하기 좋은 곳으로 세 군데를 꼽았다. 마상馬上, 침상枕上, 측상厠上. 이 중에서 침상과 측상은 금방 이해가 된다. 잠자리와 화장실에서 이런저런 생각이 꼬리를 물다가, 개중에 쓸 만한 아이디어가 불현듯 떠오른 경험은 누구나 있을 테니. 흥미로운 곳은 마상이다. 말 위라고? 거기서 떨어지지 않고 멀미나 안 하면 다행이지 싶다가 생각해보니, 이건 어디까지나 '승마'가 특별한 스포츠가 되어버린 현대인의 편견에 지나지 않나 싶다. 당시 사람들에게 말이란 몸이 적당히 흔들리면서 목적지까지 갈 수 있는 교통수단, 지금으로 치면 기차나 지하철이었을 것이다.

기차나 지하철에서 유독 이런저런 기억이 잘 떠오르고 책도 잘 읽힌 경험을 떠올리면, 구양수의 말이 정말 맞긴 맞나 보다.

내가 서울에서 산 기간은 대학과 대학원, 직장에 다닌 15년의 시간과 포개진다. 그 15년 동안 지하철을 참 많이도 탔다. 거의 매일 탔다고 해도 과언이 아니다. 길이 막혀 약속 시각에 늦을 염려도 없을뿐더러, 특히 나 같은 길치에게 지하철은 정말 고마운 존재였다. 대전으로 이사 온 이후에도 지하철을 타지 않는 것은 아니지만 서울만큼 노선이 촘촘하지 못해 막상 타기는 애매할 때가 많은데다가, 아이들도 어리다 보니 어쩔 수 없이 좋아하지도 않는 운전을 해야 한다.

그나저나 이 지하철만큼 상황에 따라 천국과 지옥의 모습을 동시에 갖고 있는 공간도 없다는 생각을 한 적이 있다. 신도림역 근처에서 몇 년 동안 살았는데, 출퇴근 시간에 한 번이라도 신도림역에서 전철을 타봤거나 환승해본 경험이 있는 사람은 왜 지하철을 '지옥철'이라고 하는지 공감할 것이다. 그곳에서 옆 사람의 몸이 내 몸을 누르고(혹은 내 몸이 옆 사람의 몸을 누르고), 뒷사람의 콧김이나 입김이 나의 목덜미에 느껴질 때면 (혹은 내 콧김이나 입김이 내 앞사람의 목덜미에 전해질 때면) '지옥, 그것은 타인이다'라는 사르트르의 말이 저절로 떠오른다 (지금은 사정이 좀 나아졌다고 들었다).

반면 사람들이 별로 없을 때, 그러니까 자리가 남아돌아 앉을 수도 있고 혹은 자리가 없어 서서 가더라도 다른 사람과 최소 50센티미터 이상은 떨어져 있을 수 있을 때, 지하철은 사뭇 다른 공간이 된다. 그곳은 구양수가 얘기하는 '마상'의 형태를 완벽히 구현한 공간이다. 다행히도 출근과 퇴근 시간이 일반 회사원과 비교해 빨랐던 나는 직장을 다니는 동안 읽었던 책들의 상당수를 지하철에서 읽었다. 그러다 보니 언젠가 이런 생각을 했다. '지하철에서의 독서'를 주제로 책을 써보면 어떨까. 다른 교통수단이 아닌 지하철만이 갖고 있는 고유의 풍경, 각각의 지하철 노선들과 역들이 갖고 있는 개성, 지하철에서 읽었던 혹은 읽으면 좋은 책들, 그곳에서 책을 읽고 있는 사람들에 대한 관찰, 그들이 읽고 있는 책에 대한 호기심 등등 이 모든 것들을 아울러 이야기하는 책. 생각을 해놓고 보니 꽤 그럴듯해 스스로 유능한 출판 기획자라도 된 양 뿌듯해하기까지 했다. 그런데 이게 웬걸. 이미 그런 책이 나와버렸다(하긴 그러면 그렇지, 이런 생각을 나만 할 리가 없다). 그 책은 시인 박시하가 쓴 《지하철 독서 여행자》이다.

지하철은 매우 독특한 공간이다. 지하철 한 량이라는 공간 안에서는 종종 여러 가지 일이 벌어지는데, 나는 가끔 그 에피소드들이 만화나 단편영화 같다는 생각을 한다. 할머니 무리의 수선스러운 수다, 묵묵히 스마트폰을 들여다보는 사람들, 『성경』

이나 자기계발서를 들여다보는 사람들, 텅 빈 돈 바구니를 들고
허술한 노래를 부르며 지나가는 맹인들……. 그들이 함께 어울
려 하나의 장면을 만든다.

　　- 박시하,《지하철 독서 여행자》

　지금은 단속이 강화되어 많이 줄어들었다고는 하지만 내가
대학에 다니기 위해 서울에 왔던 1990년대 중반만 해도 지하
철에는 구걸하는 사람들이 정말 많았다. 소소한 물건들을 큼지
막한 보따리에 넣어 지고 다니며 물건을 파는 사람들도 많았
다. '예수천국 불신지옥'을 외치며 전도를 빙자한 협박을 하는
사람들도 종종 볼 수 있었다. '저건 무슨 노출증인가' 싶을 정
도로 과감한 애정 행각을 보여주는 젊은 커플들, 고래고래 소
리를 지르며 통화하는 아줌마들, 다리를 있는 대로 쩍 벌린 채
두 사람이 앉을 자리를 혼자 차지하는 아저씨들을 매일 볼 수
있었다. 스무 살의 나에게 그들은 그저 '지옥'일 뿐인 타인이었
다. 하지만 어느 순간 그들 역시 이 지하철의 풍경을 완성하는
자연스러운 조각이라는 생각이 들었고, 그들을 예전보다는 편
안하게 바라볼 수 있게 되었다. '체험 삶의 현장'이 별건가. 다
이런 것이지. 그러자 책도 훨씬 잘 읽혔다.

　그렇다! 지하철에서 책을 읽는 사람들이 아직은 있고, 그들은

지하철을 나름 훌륭한 독서실로 이용한다. 물론 서울 사람들은 지하철에서 책을 읽기보다 주로 스마트폰을 만지작거리지만, '지하철에서 책을 읽는 사람들'이 그렇게까지 드문 풍경은 아니다. 스마트폰보다 책을 들고 있는 사람들이 세련되고 모던한 사람으로 보이는 건 당연하다. 도구의 새로움보다는 내면의 새로움이 새로운 것이고, 자기만의 세계를 갖고 있는 사람이 최신 전자제품을 가진 사람보다 앞서가는 사람일 테니까. 오래된 지하철에서, 더욱더 오래된 미래를 읽고 있는 사람들, 나는 그들이 좋다.

　- 박시하,《지하철 독서 여행자》

지하철은 마음만 먹으면 다른 어떤 곳보다도 친독서적인 환경이 될 수 있다. 그 환경 속에서 엉켜 있던 생각의 실타래가 풀릴 수도 있고, 어떤 기가 막힌 깨달음이 찾아올지도 모른다. 대다수가 스마트폰 액정 화면을 들여다보느라 고개를 처박고 있는 그곳에서 독서는 이제 '세련되고 모던한' 행위가 될 수 있다. 아이러니하게도 말이다.

* *
*

11월,
나를 마주하는 달

　둘째 아이를 임신한 기간에 6개월 정도 집 근처 국제화센터
에서 '영어 회화 성인반' 강좌를 수강했다. 오전 시간에 있는
강좌라 주부와 휴학생들이 수강생이었는데, 어설픈 영어로라
도 사람들과 각자의 다채로운 생각과 감정을 나눌 수 있어서
재미있었다. 하루는 대화의 주제가 '일 년 열두 달 중에서 내
가 가장 좋아하는 달'이었다. 주로 4월, 5월, 10월 같은, 날씨가
좋아 놀러 다니기 좋은 달이 인기가 많았다. 내가 그곳에 있는
사람 중 유일하게 11월을 가장 좋아한다고 말하자 미국인 강
사를 비롯해 수강생들은 흥미롭다는 표정으로 이유를 물었다.
아……, 그 이유를 정확하고 자세하게 말할 수 있으면 내가 왜

그 자리에 앉아 있었겠는가. 머릿속에 하고 싶은 말은 가득하지만 나의 영어 말하기 수준에 맞는 정도로 짤막하게 대답할 수밖에 없었다.

"11월의 고독solitude을 좋아하기 때문이죠."

그나마 'loneliness' 대신에 'solitude'를 쓴 것은 후자에는 전자에 없는 긍정적 뉘앙스가 있다는 말을 어디선가 주워들은 까닭이었다. 그러니 지금 이 글은 그때 미처 하지 못한 말을 마저 하고 싶은 한풀이성 목적이 들어 있다고 할 수 있겠다.

어렸을 적부터 11월이 좋았던 것은 아니다. 오히려 11월은 비호감인 달이었다. 전 달인 10월에는 날씨도 좋고 국군의 날(내가 '국민학교'에 다니던 시절에는 10월 1일도 공휴일이었다), 개천절, 한글날로 이어지는 노는 날 퍼레이드에, 가을 소풍도 갔다. 추석도 10월에 있을 때가 많다. 다음 달인 12월에는 선생님도 수업을 대충대충 하고, 크리스마스가 주는 설렘도 있고, 무엇보다 길고 긴 겨울방학이 기다리고 있다. 그런데 11월에는 일요일 빼고는 빨간 날이 단 하루도 없고, 가을도 겨울도 아닌 애매한 날씨는 으스스하기 짝이 없는 데다가, 그리기 싫은 불조심 포스터를 숙제로 그려 내야 했다. 마치 11월은 공부도 잘하고 얼굴도 예쁜 형제자매들 틈에 끼어 기를 못 펴는 아이의 느낌이었다. 예쁘지도 않고 별다른 재능도 없는 주제에 표정까지 뭔가 결핍되고 우중충해 보여서 친구들에게 인기도 없

233

고, 부모를 비롯한 어른들에게 귀여움도 못 받는 그런 아이 말이다. 그런데 서른이 넘어서부터는 이 11월 특유의 결핍과 우중충함에 마음이 쓰였고, 어느 시점부터는 가장 좋아하는 달이 되어버렸다. 마치 어렸을 적에는 질색하던 청국장이 나이를 먹으면서는 아주 좋아하는 음식이 된 것처럼.

허먼 멜빌의 《모비 딕》은 위대한 고전 리스트에 빠지지 않고 그 이름을 올리는 작품이지만 난 이 작품을 아직 완독하지 못했다. 대학 1학년 때, 친했던 선배가 자기 인생 최고의 작품이라며(그래 봤자 그 선배도 겨우 스물두 살이었다. 스물두 살짜리가 인생을 운운한 것은 지금 생각하면 좀 웃기다) 꼭 읽어보라고 권하기에 시도했는데 3분의 1지점에서 포기했다. 서른 살 무렵에 다시 시도했는데 절반 즈음에서 멈췄다. 재작년에 세 번째로 시도했는데 역시나 그 이상을 나가지 못했다. 읽으면서 대단한 작품이라는 감탄은 들면서도 나와는 정서적으로 코드가 맞지 않는지 몰입이 잘 되지 않았다. 그렇지만 본의 아니게 세 번을 읽게 된 이 작품의 첫 문단만큼은 정말이지 매력적이다(2011년에 작가정신에서 출간한 김석희 선생의 번역이다. 다 읽지도 않는 주제에 이런 말 하는 게 좀 우습기는 하지만 번역자에게 진심 어린 경의를 표하고 싶다).

내 이름을 이슈메일이라고 해두자. 몇 년 전—정확히 언제인

234

지는 아무래도 좋다—지갑은 거의 바닥이 났고 또 뭍에는 딱히 흥미를 끄는 것이 없었으므로, 당분간 배를 타고 나가서 세계의 바다를 두루 돌아보면 좋겠다는 생각을 했다. 그것은 내가 우울한 기분을 떨쳐버리고 혈액순환을 조절하기 위해 늘 쓰는 방법이다. 입 언저리가 일그러질 때, 이슬비 내리는 11월처럼 내 영혼이 을씨년스러워질 때, 관을 파는 가게 앞에서 나도 모르게 걸음을 멈추거나 장례 행렬을 만나 그 행렬 끝에 붙어서 따라갈 때, 특히 심기증에 짓눌린 나머지 거리로 뛰쳐나가 사람들의 모자를 보는 족족 후려쳐 날려 보내지 않으려면 대단한 자제심이 필요할 때, 그럴 때면 나는 되도록 빨리 바다로 나가야 할 때가 되었구나 하고 생각한다.

– 허먼 멜빌, 《모비 딕》

'이슬비 내리는 11월처럼 내 영혼이 을씨년스러워질 때'는 정확히 무슨 의미일까. 그건 작가만이 알겠지만 저 구절에 11월이 아닌 다른 달이 들어간다면 확실히 이상할 것 같다. 잎사귀도 다 떨어져 앙상한 가지만 남은 11월의 나무를 보면서 죽음의 이미지를 떠올리는 모습은 자연스럽다. 가톨릭 교회에서는 11월을 '위령성월慰靈聖月'이라 명명하는데, 이는 '죽은 이의 영혼을 위로하는 특별한 신심 기간'이라는 뜻이다.

죽음과 더불어 11월은 불타는 사랑이 끝나고 시든 마음을 부여잡는 이별이 어울리는 달이기도 하다. 매년 11월이 되면 어김없이 라디오에서 신청곡으로 흘러나오는 유명한 노래, 건즈 앤 로지즈Guns N'Roses의 〈노벰버 레인Novemver rain〉은 이 11월의 이별을 표현한 곡이다.

'Cause nothin' lasts forever
And we both know hearts can change
And it's hard to hold a candle
In the cold november rain

이 세상에 영원한 건 없고
마음도 변한다는 걸 우린 서로 알지요
차가운 11월의 빗속에서
촛불을 들고 있긴 어려우니까요

그렇다면 죽음과 이별을 떠올리게 하는 이 11월이 과연 불길하고 쓸쓸하기만 한 시간일까. 난 오히려 그 반대라고 생각한다. 역설적이게도 죽음은 삶을 더욱 치열하게 만들고, 이별은 사랑을 더욱 사무치게 하지 않던가. 죽어서 나뒹구는 낙엽을 바라보면 삶이란 무엇인지, 나는 제대로 살고 있는지를 진지하게 돌아보게 된다. 죽은 이를 떠올리며 그 영혼을 위로하고 기도할 때면, 나는 내가 살아 있음을 새삼 확실하게 느낀다. 마치 이별 후에 지나온 사랑의 진짜 모습을 비로소 알게 되는 것처럼. 그러니 진정한 삶과 사랑을 위해서는 혼자만의 시간이 필요하고, 11월은 이 혼자 있음, 즉 자발적 고독solitude의 시간이다. 단풍놀이로 고속도로 휴게소의 화장실이 미어터지는 10월, 크리스마스트리 전구로 거리 곳곳이 번쩍거리는 12월과 비교하면 11월은 그 흔한 지역 축제도 거의 없어 한가하고 조용하다. 11월이 선물하는 이 고즈넉한 시간에 삶과 사랑에 대해 혼자 생각하다 보면 필연적으로 나 자신을 마주하게 된다.

그런데 이 마주함, 자기 응시는 때때로 불편하고 두려운 일이다. 살면서 나를 가장 많이 속인 사람은 누구일까. 그 사람은 나 자신일 때가 많다. 나에게 상처를 가장 많이 준 사람 역시 나일 수 있다. 나의 기대를 수시로 배반하고 약속을 어기고, 그러면서도 끊임없이 합리화해주고 용서해준 사람은 바로 나 자신이지 않던가. 그러기에 많은 사람이 자기 응시는 회피한 채 그저 남들을 곁눈질하고 스스로를 남들과 비교하면서 사는지도 모른다. "나는 나 자신만을 관찰할 때면 불안해진다. 남과 나를 비교할 때는 안심이 된다"라는 프랑스 작가 앙리 드 몽테를랑의 말처럼. 하지만 나를 마주하는 것이 부담스럽다고 해서 무작정 피할 수만은 없다. 11월의 진지한 자기 응시는 생략한 채, 12월에 송년회다 망년회다 쫓아다니며 술이나 퍼먹고 새해 첫날 아침에 작심삼일 결심을 한다고 해서 대체 무엇이 달라지겠는가.

이상이 내가 미국인 강사와 수강생들에게 영어로 말하고 싶었던 '11월을 좋아하는 이유'이다. 써놓고 보니 영어는 무슨, 우리말로 쓰기도 힘들다.

＊
＊
＊

감옥에서 온
편지

　내가 첫 책을 내고 나서 독자로부터 처음 받은 편지의 발신처는 교도소였다. 그 독자는 규격 편지봉투에 육필로 쓴 편지를 넣어 출판사로 보냈고, 출판사에서는 이를 서류봉투에 넣어 나에게 택배로 보냈다. 이름도 얼굴도 모르는 독자로부터 편지가 왔다는 사실만으로도 신기했건만, 그 독자가 교도소에 있다는 점이 그 신기함을 배가시켰다. 그 편지는 요즘에는 보기도 힘든, 까만색 테두리에 줄이 그어진 규격 편지지 위에 정갈한 글씨로 쓰여 있었고, 무려 다섯 장이었다. 그는 자신이 경영하던 사업체가 부도를 맞았고, 그로 인해 타인들에게 입힌 피해 때문에 수감되어 있는 듯했다. 교도소 서가에 새로 들어온 책

중에서 우연히 내 책을 골라 읽게 되었다고 하면서 책을 읽으면서 느낀 소회와 자신의 지난날에 대한 성찰, 형기를 마친 후 생활에 대한 다짐을 진솔하게 이야기했다. 감사한 마음으로 편지를 꼼꼼하게 읽기는 했지만 어떻게 답장을 써야 할지 고민스러웠다. 그렇다고 '내 책을 잘 읽어주셔서 감사하다'라는 식으로 짤막하고 형식적인 답장을 보내기는 싫었다. 결국, 고민하고 주저하다가 답장을 보내지 못하고 말았다.

선뜻 답장을 쓸 수 없었던 이유 중 하나는 내가 감옥(교도소라는 순화된 용어가 명백히 있으니 교도소라고 해야 옳지만 여기서는 그냥 이 단어를 쓰기로 한다)이라는 곳에 대해 너무 무지하다는 사실 때문이었다. 나는 감옥에 갇혀본 적도 없고, 거기에 있는 사람을 면회 가본 적도 없다. 그저 텔레비전이나 영화에서 본 것이 전부다. 감옥에 갇혀 자유를 박탈당한다는 것, 그 안에서 하루하루를 생활한다는 것이 정확히 어떤 모습인지를 그저 상상이나 할 뿐이다. 그 상상의 수준도 감옥을 배경으로 하는 문학작품이나 영화를 토대로 만들어진 정도이지만. 그런데도 난 가끔씩 '감옥에 갇히면 어떨까' 하는 생각을 해볼 때가 있다.

'흥사단 투명사회운동본부'라는 단체에서는 매년 청소년들을 대상으로 '10억이 생기면 1년간 감옥에 갈 수 있는가?'라는 질문이 포함된 설문조사를 한다. 말하자면 청소년들의 도덕성

테스트인데, 대체로 조사 대상 중 절반 정도가 갈 수 있다는 답을 내놓는다. 그러면 그 결과를 놓고 언론에서는 탄식과 우려의 목소리를 쏟아내며 인성 교육을 강화해야 한다는, 하나 마나 한 소리를 한다. 만일 나에게 같은 질문을 한다면 나는 이렇게 대답할 것 같다.

"10억은커녕 10원도 안 받아도 좋으니 가끔은 1년 정도 감옥에 갇히고 싶다는 생각을 한답니다."

그 대신 몇 가지 조건이 있다. 이는 어디까지나 일종의 체험으로서, 내가 죄를 짓는 일이 있어서도 안 되고 따라서 전과 기록이 남아서도 안 된다. 반드시 독방이어야 하고 방의 크기는 몸을 구부리지 않고 다 펼 수 있을 정도면 된다. 좁아터져도 좋으니 수세식 변기와 샤워기가 있는 개인 욕실 겸 화장실이 있어야 한다. 식사는 굶어 죽지 않을 정도면 되고, 하루에 30분 정도는 산책 시간이 주어져야 한다. TV, 컴퓨터, 휴대전화는 없어도 되고(아니, 제발 없었으면 좋겠고) 가족을 포함해 아무도 면회를 안 와도 되며 누구와도 통화를 못 해도 괜찮다. 다만 그곳에서 읽을 책 500권과 그 책을 선정할 수 있는 권한은 나에게 주어져야 한다.

막상 써놓고 보니 좀 철딱서니가 없어 보여 부끄럽기도 하다. 이것은 분명 '돌아갈 곳'을 전제한다는 점에서 배부르고 팔자 늘어진 공상에 불과하리라. 또한 이 공상에는 모종의 쾌락과 약간의 죄책감이 섞여 있다. '아무도 면회를 안 와도 되고 누구와도 통화를 못 해도 괜찮다'라니. 내 부모님이나 남편은 서운할 수도 있겠다. 사실 이것은 내 주제를 모르고 되는 대로 지껄이는 소리이다. 부모님이나 남편이라면 독한 마음을 품고 1년간 안 봐도 견딜 수 있겠지만 내 아이들만큼은 1년은 고사하고 일주일만 못 봐도 당장 미쳐버릴 것이다. 하지만 가끔 정말 혼자 있고 싶을 때면 이런 상상을 해본다. 어디까지나 상상이니 뭐 어때 하면서.

나의 이런 철없는 상상이 무색하게도 실제 감옥 생활에서 위대한 저술들이 탄생했다는 사실이 새삼 놀랍기도 하다. 언뜻 떠오르는 것만 해도 세르반테스의 《돈키호테》, 마르코 폴로의 《동방견문록》, 안토니오 그람시의 《옥중수고》, 신채호의 《조선상고사》 등이 감옥에서 집필되었다고 알려져 있다. 그리고 이렇게 감옥에서 쓴 글 중에서 지금의 이 땅을 살아가는 우리에게 가장 친숙하고 사랑받은, 그리하여 고전의 반열에 들게 된 책이 있다면 아마 신영복 선생의 《감옥으로부터의 사색》이 아닐까 싶다.

이 책을 처음 읽고 받은 충격을 지금도 잊지 못한다. 그 충격은 '어떻게 사람이 이토록 고통스러운 상황에서 이렇게 반듯할 수 있을까'라는 경이로움이었다.

지금부터 걸어서 건너야 할 형극의 벌판 저쪽에는 애타게 기다리는 사람들의 얼굴이 등댓불처럼 명멸한다. 그렇다. 일어서서 걸어야 한다. 고달픈 다리를 끌고 석산빙하石山氷河라도 건너서 '눈물겨운 재회'로 향하는 이 출발점에서 강한 첫발을 딛어야 한다.

(중략)

그 자리에 땅을 파고 묻혀 죽고 싶을 정도의 침통한 슬픔에 함몰되어 있더라도, 참으로 신비로운 것은 그처럼 침통한 슬픔이 지극히 사소한 기쁨에 의하여 위로된다는 사실이다. 큰 슬픔이 인내되고 극복되기 위해서 반드시 동일한 크기의 커다란 기쁨이 필요한 것은 아니다. 작은 기쁨이 이룩해내는 엄청난 역할이 놀랍다.

(중략)

나는 내가 지금부터 짊어지고 갈 슬픔의 무게가 얼마만한 것인지는 모르지만 그것을 감당해낼 힘이 나의 내부에, 그리고 나와 함께 있는 수많은 사람들 속에 풍부하게, 충분하게 묻혀 있다고 믿는다.

　　　－ 신영복,《감옥으로부터의 사색》

'니토尼土 위에 쓰는 글'이라는 제목의 저 글을 선생이 쓴 날짜는 1969년 11월 12일이라고 적혀 있다. 간첩 혐의로 수감

된 지 1년이 지난 이때는 사형이 선고된 시점이었다고 한다. 당시 선생의 나이는 스물여덟 살. 사형 선고를 받은 스물여덟 살 청년이 어떻게 이런 글을 쓴다는 말인가. 그것도 교도소에서 하루에 두 장씩 지급되는 휴지 위에 철필로 먹물을 묻혀가며 말이다.

선생은 2016년 1월 15일, 향년 75세를 일기로 타계하셨다. 내가 지금 이 글을 쓰는 시점에서는 바로 어제이다. 내가 처음 선생의 글을 읽었을 때, 나는 그가 성인聖人이 아닐까 싶었지만 지금은 그런 느낌이 아니다. 선생도 사람이었을진대 다스리기 힘든 억울함과 분노, 미칠 것 같은 불안과 그리움이 왜 없었겠는가. 다만 펜을 꾹꾹 눌러 글을 쓰면서 그 마음을 힘겹게 보듬고 어루만졌을 것이다. 당시의 지배 권력은 그를 고문하고 가두면 그의 정신이 말살되거나 자신들이 원하는 방향으로 변할 것이라고 믿었겠지만, 도리어 선생은 20년 2개월간의 감옥 생활을 통해 한 시대의 위대한 지성이 되었다.

＊
＊
＊

우리의 밤은
당신의 낮보다 아름답다*

한때 내 콤플렉스 중 하나는 아침잠이 많다는 점이었다. 올빼미 체질인 나는 전날 늦게 잠들었건 일찍 잠들었건 크게 상관없이 이른 아침 시간에는 컨디션이 대체로 좋지 않았고, 이는 은근한 열등감과 죄책감을 불러일으켰다. 학교든 직장이든 하루 일정의 시작이 내게는 항상 터무니없을 정도로 일렀기 때문이다(직장도 학교였으니 결국은 그게 그거지만). 왜 이렇게 아침에 못 일어나느냐는 엄마의 구박을 듣고 자란 나는 어느새 잠 많고 게으르고 방만한 사람이 되어 있었다. 나는 잠이 많은 편도 아니고, 게으른 구석이 있기는 하지만 부지런히 움직여야 할 때는 그렇게 할 줄도 알고, 할 일은 알아서 하는 편이었다. 그렇지만 매일 아침 겨우겨우 잠자리에서 일어나 비몽사몽 상태로 변기 위에 앉아 있다 보면, 천하의 무능하고 쓸모없는 인간이라는 자괴감마저 들 지경이었다. 성공한 사람들은 죄다 '일찍 일어나는 새'라고 하던데, 나 같은 올빼미는 이미 틀려먹었다는 생각이 들어 불안하기도 했다. 고등학생 시절은 이런 이유로 악몽이었다. 시험보다 나를 더 괴롭게 만든 것은 매일의 '과하게 이른' 등교 시간이었다. 어찌어찌 등교를 한 후에도 대체 내가 어떻게 교실까지 왔는지가 도통 기억이 나지 않았다. 분명 집에서 버스 정류장까지 걸어 나와 학교 가는 버스를 탔고, 버스에서 내려 학교까지 걸어왔을 텐데, 눈도 안 뜬 채 모노레일을 타고 온 듯한 기분이 들었다. 당연히 0교시 수업 때는 눈은 떴으나 머릿속은 가수면 상태였다. 그때는 내가 약 10년 후에, 고3들의 0교시 수업을 위해 매일 여섯 시에 일어나야 하는 교사가 되어 있을 것이라는 상상은 차마 하지도 않았다. 그나마 이런 내가 고등학교를 3년 개근으로 졸업하고, 8년간의 고등학교 교사 생활을 무사히 보낼 수 있었던 것은 불굴의 의지라기보다는 소심한 모범생 근성 덕분이었다.

아침잠이 많다는 시답지 않은 이야기를 주절주절 길게도 한 이유는 나처럼 '아침형 인간'과는 거리가 먼 사람들에게는 등교나 출근 시간 자체가 일종의 폭력이 될 수도 있다는 말을 하고 싶어서이다. 새삼 이 폭력에 저항할 생각은 없다. 어차피 저항할 수 있지도 않겠지만 말이다. '세상의 올빼미들이여, 단결하라!'라고 외쳐도 소용없다. 올빼미들은 단결을 좋아하지 않기 때문이다(일단 나부터가 그렇다). 그러니 그저 '소음인들은 체질적으로 아침형 인간이 되기 힘들다'라는 말에서 위로를 받고(난 전형적인 소음인으로 추정된다), '저녁형 인간이 아침형 인간에 비해 창의력, 귀납추리능력, 문제해결능력이 우수하다'라는 연구 결과에 내심 흡족해하며, '일찍 일어나고 일찍 자는 것이 더 많은 부를 가져다준다는 증거는 전혀 없다. 경험상 아침형 인간과 저녁형 인간의 유일한 차이점은 일찍 일어나는 사람들이 단지 지나치게 우쭐댄다는 것이다'라는 뇌 과학자 러셀 포스터의 위트에 킥킥댈 뿐이다.

한때 《아침형 인간》이라는 책이 초대박 베스트셀러가 됐다고 해서 궁금한 나머지 서점에서 읽다가 깜짝 놀랐다. 내용을 뒷받침하는 논리나 서술 방식이 참으로 허술하고 조잡했기 때문이다. 베스트셀러와 양서의 상관도가 그리 높지 않다는 사실을 모르지는 않지만 정작 본토인 일본에서는 별 관심을 못 받은 이 번역서가 이렇게 많이 팔렸다는 사실에 내 조국의 현실이 가련하게 느껴질 정도였다. '누구나 아침에 일찍 일어나면 성공한다'라는 주장은 나이 들어 아침잠 없어진 상사들이 부하 직원들을 닦달하기에 딱 알맞은 말 이상도 이하도 아니라고 생각했지만, 이는 나의 지나치게 삐딱한 시선이겠지. 그러니 이제부터는 저항과 삐딱함은 거두고 내가 좋아하는 시간, 밤에 대해 이야기하려고 한다.

나에게는 '이 사람이 쓴 글은 무조건 다 읽는다'라고 내심 정해놓은 작가가 몇 명 있는데, 문학평론가이자 불문학자인 황현산 선생은 그중 한 사람이다. 그는 새벽 여섯 시에 잠들어 낮 열두 시 즈음에 일어나는 생활을 오랫동안 했고, 요즘에는 시간을 조금 당겨서 새벽 네 시에 잠들어 오전 열 시에 일어난다고 한다. 《밤이 선생이다》는 그가 처음으로 낸 에세이집인데, 이 책에는 제목 그대로 밤의 가르침과 지혜가 가득하다. 그는 이 책을 통해 '낮이 이성의 시간이라면 밤은 상상력의 시간'이며, '낮이 사회적 자아의 세계라면 밤은 창조적 자아의 시간'임을 단단하고 아름다운 문장으로 보여준다.

영화평론가 이동진도 만만치 않은 올빼미족으로 알려져 있는데, 그가 낸 독서에세이 《밤은 책이다》에 나오는 한 대목을 인용한다.

말하자면 밤은 치열한 다큐멘터리가 끝나고 부드러운 동화가 시작되는 시간일 거예요. 괘종시계가 열두 번을 치고 나면 저마다의 가슴속에 숨어 있던 소년과 소녀가 말을 걸어오기 시작하지요. 그래서 사람들은 밤에 쓴 편지를 낮에 부치지 못하는 것이겠지요. 낮의 어른은 밤의 아이를 부끄러워하니까요. 하지만

248

밤의 아이 역시 낮의 어른을 동경하지는 않을 겁니다.

　- 이동진,《밤은 책이다》

　언제부터 밤 시간을 좋아하게 되었는지 떠올려보니 사춘기
때 듣던 심야 라디오의 영향이 컸던 것 같다. 라디오를 들으며
책을 읽거나 이런저런 몽상에 사로잡히는 그 순간만큼은 내가
오롯이 나 자신이 된 기분이 들었다. 내 부모님의 딸, 어느 학
교의 학생, 누구의 친구가 아니라 그냥 나 자신 말이다. 그럴
때면 편안한 고독이 찾아오면서 낮에 있었던, 나를 화나게 하
고 초조하게 만들었던 모든 일의 점도와 강도가 현저히 낮아
짐을 느꼈다. 지금도 여전히 그렇다. 낮에는 집안일도 해야 하
고, 아이들도 돌봐야 하고, 전화 오면 받아야 하고, 각종 소음
이 들리면 들어야 한다. 밤에는 이 모든 역할과 소리로부터 일
시적으로나마 해방이 되어 역할이 아닌 존재에, 소리가 아닌 내
면에 집중할 수 있게 된다. 무엇보다 밤이 되어야 책을 읽고 이
런 글이나마 쓸 수 있다. 그러니 세상의 모든 근로감독관이여,
제발 근엄한 표정으로 일찍 자고 일찍 일어나야 한다며 훈계
하지 마시기를. 나(우리)의 밤은 당신들의 낮보다 아름다우니.

　★ 그룹 '코나'가 1996년에 발표한 노래 제목.

* * *

마음의
뒷방과 골방

가끔 마음에도 건물처럼 층계가 있어서 각각의 상황에 따라
내가 다른 층에 존재하는 것처럼 느낄 때가 있다. 층수가 많을
수록 사회적 가면이 필요하고 낮아질수록 나의 맨 얼굴에 가
까워진다고나 할까. 예를 들면 잘 모르는 사람들이 득시글한
곳에서 뭔가 공개적인 스피치를 하거나 사교 행위를 할 때는
스카이라운지에 있는 기분이다. 알긴 알지만 그다지 친하지 않
은 사람들과 밥을 먹을 때는 지상 5층에, 친한 친구들과 수다
를 떨 때는 2층에, 내 집에서 가족들과 퍼져 있을 때는 1층 정
도에 있는 것 같다. 가족들이 잠든 밤에 혼자 책을 읽을 때는
반지하 정도에, 글을 쓸 때는 지하 2층 정도에 내려와 있다고

느낀다. 아이를 키우면서 책을 읽고 글을 쓰기가 어려운 까닭은 단지 시간이 부족해서가 아니다. 육아는 지상에서 이루어지는 일이기 때문이다. 밤늦은 시각에 글을 쓰다가도 잠을 뒤척이다 깬 아이가 울면 황급히 마음의 층계를 뛰어 올라가야 한다. 몇 번 그 짓을 하고 나면 쓰고 싶은 말이 없어서 못 쓰는 것이 아니라 다시 내려가기가 너무 힘들어서 그냥 뻗어버린다.

그렇다고 해서 무조건 층수가 낮은 공간만을 좋아하지 않는다. 화장하고 예쁜 옷을 입고 스카이라운지에서 놀고 싶은 날도 가끔은 있는 법이니까. 사람이 1년 365일 지하실에만 있으면 어떻게 되겠는가. 그 사람이 매우 특별한 재능이나 지능을 갖고 있다면 위대한 예술가나 학자가 될 수도 있겠지만 대부분은 그저 '은둔형 외톨이'가 될 뿐이다. 사람이 건강하게 살기 위해서는 지상의 햇볕과 바람이 반드시 필요하다. 반대로 모든 시간을 높은 층수에서 다른 사람들에게 둘러싸인 채 파티만 하면서 보내도 정신 건강에는 치명적이지 않을까. 그러다 보면 나 자신이 누구인지 생각해볼 틈도 없을 테고, 다른 사람들에게서 받은 상처를 스스로 치유할 수 있는 면역력도 잃게 될 것이다. 요컨대 중요한 사항은 균형으로, 어쩌면 우리는 이 층계 이동을 적시에 알아서 할 수 있는 능력을 갖추게 될 때, 비로소 진짜 어른이 되는지도 모른다.

SNS에 자신의 생활과 감정을 실시간으로 생중계하는 사람들이 위태로워 보이는 이유는 그 사람의 의식에는 스카이라운 지나 지상 5층만 있고, 그 공간을 떠받치는 아래층이 없어 보이기 때문이다. 만일 그런 건물이 있다면 약간의 외부적 충격만 받아도 와르르 무너질 것이다. 무엇인가를 혼자 조용하고 차분하게 생각해보지 않은 채 다른 사람들의 반응과 인정만을 갈구하다 보면, 내면이 그런 건물처럼 되리라는 생각은 어렵지 않게 할 수 있다.

그러니 꼭 책을 읽고 글을 쓰지 않아도 사람에게는 지하실의 역할을 하는 공간이 필요하다. 오롯이 혼자가 될 수 있는 공간, 내면의 소리를 들을 수 있는 침묵의 공간, 몽테뉴가 만든 '뒷방', 함석헌 선생이 얘기하는 '골방' 같은 공간이.

할 수만 있다면 아내·아이·재물 그리고 무엇보다도 건강을 가져야 할 일이다. 그러나 우리 행복이 거기에 매여 있게까지 집착해서는 안 된다. 자기 자신에게 남이 침범하지 않는 아주 자기 고유의 것인 뒷방을 가지고, 그 속에 진실한 자유와 은둔처를 마련해 둘 일이다. 여기서 우리 자신과의 일상의 대화가 이루어질 것이다. 그리고 너무나 사사로워서, 외부와의 어떠한 관련이나 교섭도 그 곳에는 미치지 못하게 할 일이다.

– 몽테뉴,《몽테뉴 수상록》

그대는 골방을 가졌는가?

이 세상의 소리가 들리지 않는

이 세상의 냄새가 들어오지 않는

은밀한 골방을 가졌는가?

(중략)

그대 맘의 대문 은밀히 닫고,

세상 소리와 냄새 다 끊어 버린 후,

맑은 등잔 하나 가만히 밝혀 놓으면,

극진하신 임의 꿈같은 속삭임을 들을 수 있네.

   – 함석헌, 〈그대는 골방을 가졌는가〉 일부

릴케는 《말테의 수기》에서 이렇게 말한다. "고독한 사람을 가만 내버려둬라. 그 사람을 귀찮게 하지 말라. 그 사람은 당신들보다 수준 높은 사람이다. 그 사람은 지금 신을 만나고 있다." 릴케가 말하는 신, 함석헌 선생이 말하는 '극진하신 임'은 비단 절대자만을 의미하지는 않을 것이다. 간절하게 찾고 싶었던 진정한 나의 모습일 수도 있고, 삶의 참 의미일 수도 있으며, 어떤 사물의 본질, 어떤 현상의 진실일 수도 있으며, 내가 진짜로 원하는 그 무엇일 수도 있다. 나를 잘 알지도 못하는 사람들은 다분히 설정되고 꾸민 내 모습을 보며 인정과 칭찬을 보내줄지 모른다. 하지만 신은 타인의 반응엔 그다지 관심이 없어 보인다. 신은 나 자신이 자발적으로 들어간 지하실, 뒷방, 골방의 고독과 침묵 속에서 살고 있기 때문이다.

*
*
*

나를 키우는
육아의 시간

결혼한 부부가 자신들의 가치관과 신념에 의해서건, 아니면 어떤 현실적 여건 때문이건 간에 아이를 낳지 않기로 했다면, 이 또한 마땅히 존중받아야 할 선택이다. 그 대신 낳아줄 것도, 키 워줄 것도 아닌 제3자가 그 선택을 두고 이래라저래라 참견하 며 하는 공격은 당사자들에게는 분명 폭력이다(이 폭력의 논리 중 나에게 가장 끔찍한 것은 출산을 '애국'이라는 프레임에 놓는 것이 다). 다만 낳을까 말까가 50대 50으로 팽팽해서 고민하는 사람 이 있다면, 그리고 그 사람이 만일 나에게 조언을 구한다면, 나 는 낳으라고 말하고 싶다. 육아란 매우 고유하고 특별한 경험이 며, 이는 겪어볼 만한 충분한 가치가 있다고 생각하기 때문이다.

세상의 모든 엄마처럼 나 역시 아이를 잘 키우고 싶은 욕심이 있었고, 이는 엄청난 양의 육아서적의 구매와 탐독으로 이어졌다. 《삐뽀삐뽀 119 소아과》라는 책이 있다. 하정훈 소아과 전문의가 쓴 이 책은 어린아이를 키우는 집이라면 대부분 한 권씩 구비해놓는 필수 아이템이다. 백과사전만 한 판형에 쪽 수도 1,100페이지 가까이 되는데, 실제로 백과사전처럼 그때그때 필요한 항목을 찾아서 참고하는 책이다. 대체 누가 그런 책을 처음부터 끝까지 완독하나 싶겠지만 그 인간이 바로 나다. 육아서를 읽는 것에 그치지 않고 나는 아동심리학, 발달심리학의 전공 서적을 구해 학위라도 딸 기세로 공부했다. 왜 이런 말을 하느냐고? 이런 노력과 실제 육아는 다른 차원이라는 것을 이야기하고 싶어서이다. 막상 아이를 낳았는데 이럴 수가, 내 아이가 자는 시간은 책에 적혀 있는 신생아 평균 수면 시간과는 거리가 멀었다. 엄청 열심히 공부했는데, 막상 시험지를 받으니 1번 문제부터 풀리지 않는 상황, 즉 '멘붕'으로 육아는 시작되었다(물론 그렇다고 해서 그때 했던 독서와 공부가 육아에 아무 도움이 안 되었다는 뜻은 아니다).

조력자 없이 종일 혼자 갓난아기를 돌보는 생활은 대충 이런 모습이다. 만성 수면 부족으로 인한 좀비 컨디션과 아기를 안고 있느라 생긴 손목, 어깨, 허리, 무릎의 관절통은 일단 기본으로 깔린다. 밥은 아기가 잠깐 잘 때 입에 쑤셔 넣거나 잠에서 깬 아기를 안은 채 서서 먹어야 한다. 엄마가 안 보이면 우는 아기를 무릎에 앉힌 채 똥을 싸고, 한시도 가만히 있지 못하고 뽈뽈 기어 다니는 아기를 포대기로 업은 채 머리를 감는 신공을 발휘해야 할 때도 있다. 거울을 보면 세수도 못 하고 머리는 산발이 된, 흡사 고문이라도 당한 것 같은 아줌마 한 명이 나를 쳐다보고 있다. 한마디로 먹고 자고 싸고 씻는, 인간이라면 보장받아야 할 기본권을 제대로 누리지 못한다. 몸이 아파도 병가 따위는 낼 수 없다. 아기는 내가 아프건 말건 봐주지 않고 오로지 자신의 욕망에만 충실할 뿐이다. 어떤 악덕 고용주도 아기만큼 엄마를 무자비하게 착취하지는 않으리라. 아기가 좀 커서 제법 어린이의 풍모를 풍기게 된들 뭐 그리 편해지지도 않는다. 언제나 순하고 부모 말을 잘 듣는 천사 같은 아이는 어느 순간에도 인자함과 지혜로움을 잃지 않는 노인만큼이나 희귀하기 때문이다. 아이는 시시때때로 말도 안 되는 고집을 부리고 떼를 쓰면서 부모의 속을 뒤집고 인내심을 시험한다. 더 자라서 사춘기에 접어들면? 나는 아직 겪어보지 못했지만 선배 엄마들 말에 따르면 본격적인 지옥문이 열린다고 한다.

결국 육아란 버티는 것이다. 육아에 대한 수많은 조언이 있지만 가장 중요한 것은 이 시간을 버텨 내는 것이다. 부모도 한계가 있다. 그 한계 속에서 최대한 인간적으로 어른스럽게 아이를 대하는 것이다. 때로는 제지하고 때로는 사랑을 주며 그 시간을 살아 내는 것이다. 힘든 육아의 시기, 그 시기는 괴롭지만 가장 화려한 시간이다. 매 순간 살아 있음을 느끼는 날것의 시간이다. 이 시간은 지나갈 것이다. 그러면 더는 괴롭지 않을 것이다. 하지만 삶의 그림은 희미해지고 즐거움도 줄어들지 모른다. 이미 쑥 자라 버린 아이는 말썽은 더 이상 부리지 않겠지만 내 품의 아이 같지는 않을 것이다. 귀여운 '내 강아지'는 더 이상 없다. 인생에서 좋은 것은 왜 같이 오지 않을까? 그것이야말로 우리가 견뎌야 할 삶의 아이러니다.

― 서천석,《그림책으로 읽는 아이들 마음》

온종일 아이를 안고 업고 먹이고 기저귀 갈아주고 씻기고 재운 후에 기진맥진한 상태로 '난 누군가, 또 여긴 어딘가'를 되뇌며 책을 펼쳤는데, 저런 글을 만나면 눈물이 나게 되어 있다. 어느 정도의 엄살과 자기 연민이 섞여 있는 눈물인지라 울면서도 좀 주책없다는 자각이 들어 얼른 정신을 차리기는 하지만. 이러나저러나 내 생각에도 이 육아의 시기는 힘들면서도 '가장 화려한 시간'이다. 화려함이 어떤 외적인 성취나 아름다움이 아니라 내면에서 휘몰아치는 감정의 풍부함을 의미한다는 점에서 말이다. 하긴 육아가 오로지 '버텨야 하는 극기훈련'이기만 하다면 인류는 이미 멸종되지 않았겠는가.

하루가 다르게 커가는 아이의 모습은 '일신우일신日新又日新'
이라는 관념의 완벽한 육화肉化가 무엇인지 보여준다. 이는 부
모로 하여금 경탄과 황홀경에 빠지게 한다. 아이가 무언가에
몰입해 놀고 있는 모습을 지켜보노라면, 왜 니체가 어린아이의
정신을 '거룩한 긍정'이라고 표현했는지 절로 고개가 끄덕여진
다. 아이는 포기를 모른다. 뒤집고 기고 서고 걷고 말하게 되는
모든 단계에서 아이는 '될 때까지' 한다. 그 모습을 보면 신기
하기도 하고 새삼 뭉클하고 숙연해지기까지 한다. 아이의 웃음
과 뽀뽀는 부모를 단박에 무장해제 시키는 힘을 갖고 있다. 육
아의 고됨을 순간 반전시키는 강력한 카드 역시 아이에게 있
다. 그리고 무엇보다 아이는 부모로 하여금 자신을 깊이 돌아
보게 한다.

아이를 낳기 전에는 내가 매우 이성적이고 침착하며 독립적
인 사람인 줄 알았다. 주변에서도 그렇게 평가했고, 나 자신도
그리 믿었다. 그런데 막상 아이를 키우는 과정에서 이는 어디
까지나 착각이었다는 사실을 깨닫게 되었다. 아니, 정확히 말
하면 그런 성격은 나의 한 부분일 뿐이고, 나에겐 다른 모습 역
시 만만치 않게 있다는 것을 알게 되었다. 때때로 나는 감정적
이고 망설임이 많으며 의존적인 사람이었다. 아이를 키우면
서 내가 가진 그릇의 크기가 내 생각보다 작음을 알았고, 그 그
릇의 바닥이 어떤 모습인지를 수시로 확인하게 되었다. '부모

가 자식을 키우는 것처럼 자식도 부모를 키운다'라는 말이 무슨 의미인지를 비로소 알게 되었다. 이 앎은 분명 불편하고 고통스럽게 다가왔다. 하지만 모든 성장에는 어느 정도의 고통이 따른다는 사실, 동시에 그 고통이 종국엔 지극한 기쁨으로 연결된다는 삶의 아이러니를 겸허하게 받아들이게 되었다. 현명한 사람이라면 다른 경험을 통해서도 이 진리를 깨우쳤을 수 있겠지만, 나라는 인간은 아이를 키우지 않았다면 절대 몰랐을 것이다.

아이가 나를 가만히 쳐다볼 때면, 아이의 새까만 눈동자 속에 아이를 바라보는 내 모습이 담겨 있다. 그때마다 '사랑이란 나를 승인하고 상대를 승인하며 상대의 눈동자 속에 있는 나를 승인하는 것이다'라는 헤겔의 알쏭달쏭한 말이 무슨 의미인지 짐작이 되면서 새삼 가슴이 저린다. 내 아이들 역시 언제까지나 내 품의 강아지는 아닐 것이다. 육아의 최종 목적지에는 결국 '자식은 가장 가까운 남'이라는 엄연한 사실을 담담하게 받아들여야 하는, 조금은 허망하고 슬픈 순간이 기다리고 있을 것이다. 다만 지금은 내 아이들이 나를 절대적으로 필요로 하며 동시에 나를 자라게 한다는 사실이 중요하다.

*
*
*

화장대 앞에 앉아
쓰는 글

'키친 테이블 노블'이라는 말이 있다. 말 그대로 식탁에 앉아서 쓰는 소설이라는 뜻으로, 전문적인 소설가가 아닌 일반인이 일과를 다 마친 후에 자기 집 식탁이나 책상에 앉아서 쓰는 소설을 일컫는다고 한다. 나는 이 말을 김연수의 《청춘의 문장들》에서 처음 접했는데, 김연수는 이 책에서 '키친 테이블 노블'의 여러 예를 언급하고 있다. 그 중에서 가장 유명하고 극적인 사례를 꼽자면 아마 한 영국 여성의 경우가 아닐까 싶다. 그 여성은 이혼녀이자 싱글맘이었다. 얼마 되지 않는 정부 보조금을 받으며 아이를 키우자니 분유 값도 부족할 지경. 그녀는 한 손으로는 아이를 토닥토닥 재우고 다른 한 손으로는 무언가를

261

쓴다. 겨울은 왔는데 집은 난방이 되지 않아 아이를 재울 수도, 글을 쓸 수도 없다. 그녀는 집 근처 카페로 피신해서 아기를 유모차에 재운 채 글을 쓴다. 그렇게 해서 완성한 원고를 출판사에 보낸다. 반응은 차가웠다. 무려 열두 개의 출판사에서 거절당한 후, 열세 번째 응모한 출판사에서 작품을 내주겠다는 말을 듣는다. 모두 알다시피 그녀의 이름은 조앤 K. 롤링이고, 그녀가 쓴 작품은 해리 포터 시리즈이다. 물론 어디까지나 롤링의 경우는 '로또 당첨'과 비슷하다고 할 수 있다. 보편적으로 일반화할 수 있는 사례가 아니라는 뜻이다. 죽자고 소설을 쓴다고 해서 누구나 롤링의 인생역전을 맞이할 수는 없다. 재능도 재능이지만 그런 행운은 흔하게 찾아오지 않는다. 다만 해리 포터의 판타지만큼이나 이런 부류의 성공 스토리를 사람들은 흥미진진해 한다는 점, 더불어 많은 이들이 이런 스토리에서 용기와 희망(혹시 나에게도 그런 일이?)을 품어본다는 점에서 의미가 있다고 하겠다.

감히 롤링의 재능과 행운에 비교할 수는 없지만, 또한 결정적으로 '노블'이 아니지만 나 역시 지난 세 권의 책을 모두 식탁에서 썼다. 집에 서재가 있기는 하지만 그곳은 나에겐 남편이 일을 하고 큰 아이가 숙제를 하는 공간처럼 느껴지다 보니, 거기서 글을 쓰기에는 무언가 좀 어수선하고 심란하다. 차라리 식탁이 널찍해서 책을 쌓아두기에도 좋고. 거실 창을 바라볼 수 있기에 갑갑하지도 않으며, 나만의 공간인 부엌이 바로 옆이라 편안하다. 아이를 재우고 집안일을 대충이라도 마무리한후, 식탁에 앉아 서너 시간 정도 노트북을 두들기다가 다음 날아침에는 거기서 밥을 먹어야 하므로 노트북과 책들을 치우고잔다. 김연수는 키친 테이블 노블에 대해 이렇게 말한다.

키친 테이블 노블이라는 게 있다면, 세상의 모든 키친 테이블노블은 애잔하기 그지없다. 어떤 경우에도 그 소설은 전적으로자신을 위해 씌어지는 소설이기 때문이다. 스탠드를 밝히고 노트를 꺼내 뭔가를 한없이 긁적여 나간다고 해서 변하는 것은 아무것도 없다. 그런데도 어떤 사람들은 직장에서 돌아와 뭔가를한없이 긁적이는 것이다. 그리고 이상한 일이지만 긁적이는 동안, 자기 자신이 치유받는다. 그들의 작품에 열광한 수많은 독자들에게는 미안한 일이지만, 키친 테이블 노블이 실제로 하는일은 그 글을 쓰는 사람을 치유하는 일이다.

– 김연수,《청춘의 문장들》

'애잔하기 그지없'을 것까지는 없지만, 쓰면서 글을 쓰는 자신이 치유 받는다는 말에는 공감이 된다. 언제나 글이 술술 써지는 것은 아니지만, 오히려 브레이크가 걸린 마냥 진도가 안나가서 머리카락을 쥐어뜯고 싶은 순간이 더 많지만, 그러다 보니 내가 지금 무슨 영화를 누리겠다고 이 짓을 하고 있는가 싶을 때도 있지만, 그래도 계속 쓰는 이유는 글쓰기만이 주는 깊은 위로가 있기 때문이다.

그런데 지금 이 글은 식탁이 아닌 다른 곳, 바로 화장대 앞에서 쓰고 있다. 세 번째 책을 낸 직후에 둘째 아이가 태어났고, 돌이 지난 지금까지도 밤에 통잠을 못 자는 데다가, 심지어 밤중 수유도 떼지 못한 젖먹이 아기를 두고 글을 쓰기 위해 생각해낸 장소가 바로 여기이다. 지금 사는 집 안방과 욕실 사이에는 작은 공간이 있다. 안방에서 미닫이문을 열면(보통은 이미 열려 있는 상태지만) 작은 붙박이장이 하나 있고, 맞은편엔 화장대가 있다. 붙박이장과 화장대 사이엔 약 120cm×90cm의 공간이 있다. 좁아서 누울 수는 없고 기대어 앉을 수 있는 정도의 면적이다. 화장대 위에 노트북을 올려놓고 최대한 소리를 내지 않으려 조심조심 자판을 누른다. 아기가 뒤척이는 소리가 들리면 가만히 문을 밀고 침대에 가서 토닥이거나 젖을 물린 다음 다시 들어와서 쓰는 식이다.

나 역시 다른 엄마들처럼 아기를 등에 업은 채 한 손으로는 식탁을 닦으면서 나머지 한 손으로는 문자 메시지를 보내는 수준의 멀티태스킹은 된다. 아기가 앉아서 혼자 노는 잠깐 사이에 신문 정도는 읽을 수 있다. 그렇지만 절대로 아기를 보면서 글은 못 쓴다. 그리 훌륭한 글을 쓰지는 못하더라도 글쓰기는 내가 가진 집중력의 최대치를 끌어올려야 할 수 있는 작업이므로 객관적으로 보면 육아는 글쓰기의 방해 요인이다. 육아가 아니었다면 글을 더 빨리 순조롭게 쓸 수 있었을지도 모른다. 그런데 아이러니하게도 만일 아기가 없었다면 이 글쓰기가 더 외롭고 막막했을 것 같다. 숨소리가 들릴 만큼 가까운 곳에서 자는 아기에게 나는 묘한 동지애와 연대감을 느끼며 글을 쓴다. 잠도 잘 못 자고 몸은 이래저래 고되지만 이 느낌은 따뜻하다.

'키친 테이블 노블'이라는 단어를 패러디하자면 지금 내가 쓰는 글은 '드레싱 테이블 에세이' 정도라고 말할 수 있을까. 화장대 앞에서 나는 글쓰기만이 선사할 수 있는 치유의 힘을 감사하게 받는다.

*
* *
*

구원은
그렇게 왔다

　미국의 변호사이자 작가인 니나 상코비치는 그녀의 나이 마흔세 살 때 세 살 위의 언니를 암으로 잃는다. 언니의 죽음 이후, 그녀는 '언니는 죽었는데 나는 왜 살아갈 자격을 가졌는가?' '삶의 카드는 왜 내게 주어졌으며, 난 이걸로 무엇을 해야 하는가?' 라는 질문에서 벗어나지 못한다. 그녀는 언니의 삶까지 두 배로 열심히 살아가겠다고 결심하며 스스로를 정신없이 바쁜 생활 속으로 밀어 넣는다. 하지만 그녀는 그렇게 3년을 보낸 후, '더는 이런 식으로 살 수 없다'라고 깨닫는다. 여전히 슬픔에서 벗어나지도, 상처를 치유하지도 못했기 때문이다. 그러던 어느 날, 그녀는 400쪽이 넘는 소설 《드라큘라》를 하루

만에 읽고, 3년 만에 처음으로 깊고 편안한 잠을 자게 된다. 이를 계기로 '1년 동안 매일 하루에 한 권의 책을 읽고 서평을 자신의 블로그에 올린다'라는 계획을 세우고, 이를 정말로 실천한다. 《혼자 책 읽는 시간》이라는 제목으로 번역된 책은 이 실천의 기록인 셈인데, 그녀는 이 책에서 이렇게 말한다.

> 동작을 멈추고 다시 온전하고 전체적인 인간으로 돌아가려면 어떻게 해야 하는지에 대해 더 생각할수록 책에 대해 더 많이 생각하게 되었다. 난 도피에 대해 생각했다. 도피하기 위해 달아나는 것이 아니라 도피하기 위해 읽는 것이다. 20세기의 작가이자 평론가인 시릴 코널리는 "말은 살아 있고 문학은 도피가 된다. 그것은 삶으로부터의 도피가 아니라 삶 속으로 들어가는 도피이다"라고 말했다. 내가 책을 활용하고 싶었던 방식이 바로 이것이었다. 삶으로 되돌아가는 도피 말이다.
>
> – 니나 상코비치, 《혼자 책 읽는 시간》

니나 상코비치의 말을 끌어들인 이유는 내 이야기를 하기 위해서이다. 나 역시 그녀와 비슷한 경험이 있다. 나에게도 어떤 사건으로 인해 불면의 밤이 지속된 기간이 있었다. 그녀처럼 3년까지는 아니고 49일간으로 기억한다. 그리고 나 역시 900쪽이 넘는 어떤 책을 밤을 새워 이틀 만에 다 읽은 후 49일 만에 처음으로 숙면을 취할 수 있었다. 그 책은 바로 존 스타인벡의 《분노의 포도》이다.

《분노의 포도》는 편안한 마음으로 읽을 수 있는 소설이 아니다. 분량도 분량이지만 내용도 극히 심란하기 때문이다. 1930년대 미국의 대공황 시기를 배경으로 하는 이 소설은 당시의 구조적 모순과 기득권자들의 탐욕으로 인해 이주 노동자들과 빈민들이 얼마나 비참한 생활을 했는지 생생하게 보여준다. 묘사된 가난과 고통의 수준은 너무나 처절해 몸서리가 날 정도이다. 어떠한 규제도 없는 자본주의의 정글 속에서 아이들은 영양실조로 굶어 죽어가고, 많은 노동자는 일을 하다가 다치거나 병이 들어도 치료는커녕 최소한의 보살핌도 받지 못한 채 죽어간다. 한마디로 지옥 그 자체이다. 그러니 결말에서는 마땅히 이 지옥을 만든 원인을 색출하여 응징해야 속이 시원할 것 같다. 그런데 작가는 전혀 예상치 못한 장면을 그려내며 이야기를 마무리한다. 결말 부분에서 작품의 주인공인 톰 조드의 여동생 로저샨(샤론의 로즈)은 극심한 굶주림과 육체적 고난으로 인해 아이를 사산死産한다. 사산을 하고도 몸조리도 못한 채 어느 헛간에 잠시 몸을 뉘일 수밖에 없던 그녀는 그곳에서 병과 굶주림으로 죽어가는 한 사내를 보게 된다. 그녀는 그 사내의 쇠잔한 얼굴과 겁에 질린 눈을 얼마간 들여다본 후 천천히 그 사내의 옆에 눕는다. 그러고는……, 그에게 자신의 젖을 먹인다. 절망과 분노로 가득한 지옥의 대서사시가 이렇게 끝난다.

앞에서 나는 어떤 사건으로 한동안 불면증에 시달리다가 이 작품을 읽고는 비로소 깊은 잠을 잘 수 있었다고 말했다. 그 사건은 첫 아이의 사산이었다. 만삭까지 별문제 없이 임신 상태를 지속해오다가 이유를 알 수 없는 '태아 돌연사'로 인해 아이가 죽었다는 것을 인지한 상태에서 진통을 겪고 출산을 했다. 출산 직후 젖을 말리는 주사를 맞았음에도 며칠 동안 젖몸살 비스름한 증상이 있는 상태로 유즙이 나왔고, 밤마다 진통제도 듣지 않는 두통과 잠들기 자체를 공포로 만드는 악몽에 시달렸다.

그 시기에 다행스럽게도 나를 붙잡아준 책들이 있었다. 특히 정호승 시인의 시집 《슬픔이 기쁨에게》와 박완서 선생의 산문집 《한 말씀만 하소서》는 깊은 위로와 성찰을 주었고, 난 이미 그에 대해 내 첫 번째 책과 두 번째 책에서 이야기한 바 있다. 하지만 처음으로 제대로 된 잠을 잘 수 있게 해준 책은 바로 이 《분노의 포도》였다. 어떻게 그럴 수 있었을까. 정확한 이유는 지금도 모르겠다. 내가 작품 속 로저산에게 감정 이입을 했다고 보기에는 무리가 있다. 사산을 했다는 공통점만 있을 뿐, 나는 그녀가 겪은 극심한 굶주림과 육체적 고난을 경험은 고사하고 짐작조차 하지 못한다. 그럼에도 책을 덮고 나서 몇 시간 동안 마지막 장면을 머릿속에 그리고 또 그려보았다. 그 누구보다 보살핌과 위로를 받아 마땅한 한 여인이 죽어가는 생명을 살리는 그 장면에서 그 여인은 어떤 마음이었을지를 생각했다.

다음 날 아침, 나는 몸담고 있던 직장 홈페이지 게시판에 글을 올렸다. 나의 근황과 심정을 솔직하게 담은 글을. 비록 죽은 채로 나왔지만 아기는 분명 내 뱃속에서 9개월 동안 살았던 생명이었으므로 탄생이 축복받아야 하듯이 그 죽음 또한 존중받아야 한다는 생각이 들었다. 더는 아기를 쉬쉬거리며 전해지는 불운한 소문의 소재로 만들고 싶지 않았다. 밝고 환한 곳으로 아기를 보낸 후, 그곳에서 실컷 놀게 하다가 더 행복한 엄마와 자식의 인연으로 만나고 싶었다. 더불어 지금까지보다 더 좋은 선생이 되고 싶었다. 출산휴가를 끝내고 내가 직장으로 돌아가 만나게 될 학생들은 모두 무사히 이 세상에 태어난, 참으로 장하고 귀한 존재들이지 않은가. 나에겐 그들의 성장을 도와야 할 엄중한 책임과 의무가 있었다.

그러기에 나는 니나 상코비치가 자신의 책에서 인용한 시릴 코널리의 말, "말은 살아 있고 문학은 도피가 된다. 그것은 삶으로부터의 도피가 아니라 삶 속으로 들어가는 도피이다"가 무슨 의미인지 알 것 같다. 《분노의 포도》는 나에게 '삶으로 되돌아가는 도피'가 되어주었다. 그리하여 나를 적어도 그 이전의 나보다는 '온전하고 전체적인 인간'이 될 수 있게 해주었다.
나에게 구원은 그렇게 왔다.

*** 도서 목록

100만 번 산 고양이 사노 요코 글·그림, 김난주 옮김, 비룡소

1인용 식탁 윤고은 지음, 문학과지성사

가만히 좋아하는 김사인 지음, 창비 134

감옥으로부터의 사색 신영복 지음, 돌베개

강아지똥 권정생 글, 정승각 그림, 길벗어린이

걷기 예찬 다비드 르 브르통 지음, 김화영 옮김, 현대문학

그림책으로 읽는 아이들 마음 서천석 지음, 창비

남자들은 자꾸 나를 가르치려 든다 리베카 솔닛 지음, 김명남 옮김, 창비

내 옆에는 왜 이상한 사람이 많을까? 산드라 뤼프케스·모니카 비트블룸 지음,
　　　　　　　　　　　　　　　　　서유래 옮김, 동양북스

내려올 때 보았네 이윤기 지음, 비채

너는 어느 쪽이냐고 묻는 말들에 대하여 김훈 지음, 생각의 나무

노란 불빛의 서점 루이스 버즈비 지음, 정신아 옮김, 문학동네

다산의 마음 정약용 지음, 엄혜숙 편역, 돌베개

당신의 말이 당신을 말한다 유정아 지음, 쌤앤파커스

랄랄라 하우스 김영하 지음, 마음산책

마술 라디오 정혜윤 지음, 한겨레출판

마왕 신해철 신해철 지음, 문학동네

마음 사전 김소연 지음, 마음산책

말테의 수기 라이너 마리아 릴케 지음, 강두식 옮김, 어문각

말테의 수기 라이너 마리아 릴케 지음, 문현미 옮김, 민음사

명상록 마르쿠스 아우렐리우스 지음, 유동범 옮김, 인디북

모비 딕 허먼 멜빌 지음, 김석희 옮김, 작가정신

몽테뉴 수상록 M.E. 몽테뉴 지음, 손우성 옮김, 동서문화사

밤은 책이다 이동진 지음, 예담

밤이 선생이다 황현산 지음, 난다

별들 사이에 길을 놓다 도정일 지음, 문학동네

보르헤스의 말 호르헤 루이스 보르헤스·윌리스 반스톤 지음, 서창렬 옮김, 마음산책

부도덕 교육강좌 미시마 유키오 지음, 이수미 옮김, 소담출판사

분노의 포도 존 스타인벡 지음, 김승욱 옮김, 민음사

사는 게 뭐라고 사노 요코 지음, 이지수 옮김, 마음산책

사랑의 기술 에리히 프롬 지음, 황문수 옮김, 문예출판사

사랑의 단상 롤랑 바르트 지음, 김희영 옮김, 동문선

사십사 백가흠 지음, 문학과지성사

살아 있는 것들의 아름다움 나탈리 앤지어 지음, 햇살과 나무꾼 옮김, 해나무

삶의 격 페터 비에리 지음, 문항심 옮김, 은행나무

서른, 잔치는 끝났다 최영미 지음, 창작과비평사

서준식 옥중서한 1971-1988 서준식 지음, 노사과연

소중한 경험 김형경 지음, 사람풍경

스무 살 김연수 지음, 문학동네

심리학이 서른 살에게 답하다 김혜남 지음, 걷는나무

아이가 나를 미치게 할 때 에다 르샨 지음, 김인숙 옮김, 푸른육아

어쩐지 근사한 나를 발견하는 51가지 방법 공혜진 지음, 동양북스

엄마는 오늘도 소금땅에 물 뿌리러 간다 최유진 지음, 홍성사

연암집 박지원 지음, 김명호·신호열 옮김, 돌베개

유배지에서 보낸 편지 정약용 지음, 박석무 편역, 창작과비평사

은교 박범신 지음, 문학동네

이것이 인간인가 프리모 레비 지음, 이현경 옮김, 돌베개

인듀어런스 캐롤라인 알렉산더 지음, 뜨인돌

젊은 날의 책 읽기 김경민 지음, 쌤앤파커스

젊은 시인에게 보내는 편지 라이너 마리아 릴케 지음, 김재혁 옮김, 고려대학교출판부

지하철 독서 여행자 박시하 지음, 인물과 사상사

책에 미친 바보 이덕무 지음, 권정원 편역, 미다스북스

청춘의 문장들 김연수 지음, 마음산책

침묵의 세계 막스 피카르트 지음, 최승자 옮김, 까치

토지 박경리, 마로니에북스

풀잎 강은교 지음, 민음사

행복의 정복 버트런드 러셀 지음, 이순희 옮김, 사회평론

행복한 왕자 오스카 와일드 지음, 지혜연 옮김, 시공주니어

호밀밭의 파수꾼 J.D. 샐린저 지음, 공경희 옮김, 민음사

혼자 산다는 것에 대하여 노명우 지음, 사월의책

혼자 책 읽는 시간 니나 상코비치 지음, 김병화 옮김, 웅진지식하우스

혼자 편지 쓰는 시간 니나 상코비치 지음, 박유신 옮김, 북인더갭

국립중앙도서관 출판예정도서목록(CIP)

오로지 나를 위해서만 : 혼자 책 읽는 시간의 매혹 / 지은이
: 김경민. ― 고양 : 위즈덤하우스 : 예담, 2016
　　p. ;　　cm

ISBN 978-89-5913-466-3 03810 :　₩13800

수기(글)[手記]
한국 현대 문학[韓國現代文學]

818-KDO6
895.785-DDC23　　　　　　　　　　　　CIP2016030979

오로지
나를 위해서만
혼자 책 읽는 시간의 매혹

채널

초판 1쇄 인쇄 2016년 12월 20일
초판 1쇄 발행 2016년 12월 24일

지은이 김경민
펴낸이 연준혁

출판 7분사 분사장 김은주
편집 이소중

펴낸곳 (주)위즈덤하우스　**출판등록** 2000년 5월 23일 제13-1071호
주소 경기도 고양시 일산동구 정발산로 43-20 센트럴프라자 6층
전화 031)936-4000　**팩스** 031)903-3893
홈페이지 www.wisdomhouse.co.kr

ⓒ김경민, 2016

ISBN 978-89-5913-466-3 03810
값 13,800원